山东文化体验廊道故事丛书·上编

泰山
历史文化故事

TAISHAN LISHI
WENHUA GUSHI

总编纂　王志民

主　编　张　琰

山东文艺出版社

图书在版编目（CIP）数据

泰山历史文化故事 / 张琰主编 . — 济南：山东文艺
出版社，2023.9

（山东文化体验廊道故事丛书）

ISBN 978-7-5329-6906-7

Ⅰ.①泰… Ⅱ.①张… Ⅲ.①历史故事—作品集—
中国 Ⅳ.①I247.8

中国国家版本馆CIP数据核字（2023）第103126号

泰山历史文化故事
TAISHAN LISHI WENHUA GUSHI

总编纂　王志民　　主编　张琰

- -

主管单位　山东出版传媒股份有限公司
出版发行　山东文艺出版社
社　　址　山东省济南市英雄山路189号
邮　　编　250002
网　　址　www.sdwypress.com

- -

读者服务　0531-82098776（总编室）
　　　　　　0531-82098775（市场营销部）
电子邮箱　sdwy@sdpress.com.cn

- -

印　　刷　山东临沂新华印刷物流集团有限责任公司
开　　本　880 毫米 × 1230 毫米　1/32
印　　张　6.625
字　　数　140 千
版　　次　2023 年 9 月第 1 版
印　　次　2023 年 9 月第 1 次印刷
书　　号　ISBN 978-7-5329-6906-7
定　　价　59.00元

- -

前　言

　　党的二十大报告明确提出："坚守中华文化立场，提炼展示中华文明的精神标识和文化精髓，加快构建中国话语和中国叙事体系，讲好中国故事、传播好中国声音，展现可信、可爱、可敬的中国形象。"习近平总书记在文化传承发展座谈会上深刻指出，要在新起点上继续推动文化繁荣、建设文化强国、建设中华民族现代文明。编纂出版《山东文化体验廊道故事丛书》（以下简称《丛书》）是深入学习贯彻党的二十大精神和习近平总书记重要指示精神，贯彻落实山东省委、省政府关于打造文化"两创"新标杆部署要求的重要举措，是立足山东文化资源优势，以沿黄河、沿大运河、沿齐长城、沿黄渤海和沿胶济铁路等文化体验廊道为轴线，以各市文化体验廊道建设为着力点，撷取历史文化精华的大型普及性学术工程，是在新的历史起点上讲好山东故事、坚定文化自信、推动文化繁荣、促进文旅结合的重点文化项目。

　　山东，古称"齐鲁之邦"，是中华文明最重要的发源地之一。奔流的黄河由山东入海，齐鲁大地是黄河文明的核心区域之一。巍峨屹立的泰山，自古以来就是历代帝王封禅之地，是中国东方上层文化的活动中心，1987年被联合国教科文组织列为中国第一个世界文化、自然双重遗产。黄渤海环绕的山东半岛是全国最大的半岛，漫长海岸线形成了丰厚的海洋文化资源，一直是中国北方海上丝绸之路的重要门户。山东又是伟大思想家、教育家孔子和孟子的故乡，是儒家文化的发源地，是中国人乃至全球华人、华裔心中的"圣地"。在被称为中华文明"轴心时代"的春秋战国时期，齐鲁是中华文明的"重心"所在：诸子百家，多出齐鲁；儒墨显学，独领风骚。齐国故都临淄，是当时最大的工商业都城，被国际足联命名为"足球起源地"；这里诞生了中国历史上最早的大学堂——稷下学宫，是诸子百家争鸣的学术文化中心；齐长城西起济水，东到大海，蜿蜒于泰沂山脉，全长一千余里，是现存最早的有准确遗迹可考、保存状况较好的古代长城；被列为世界文化遗产名录的京杭大运河，纵贯山东南北，极大影响了元明清以来山东地区的经济文化发展，鲁西沿岸城市带的崛起，成为中国南北文化交流融合的运河明珠，见证了山东地区社会文化的隆替嬗变。近代以来，随着烟台、青岛等沿海城市的崛起和胶济铁路的修筑，山东成为中西文化交流、冲突、碰撞、融合的核心地区之一，收回青岛主权成为"五四"爱国运动的导火索。革命战争年代，山东党政军民用生命和鲜血凝聚而成的"党群同心、军民情深、水乳交融、生死与共"的"沂蒙精神"，是齐鲁优秀文化、伟大建党精神与中国共产党领导的人民革命英雄主义精神的集中体现，是对山东境内沂蒙、胶东、渤海、鲁西（冀鲁豫边区）

等抗日革命根据地红色文化、革命精神的集中凝练和概括，与延安精神、井冈山精神、西柏坡精神等一起成为中国共产党人精神谱系的重要组成部分。齐鲁文化在中华文明发展中的特殊地位，山东地区源远流长、丰富厚重的文化资源，坚定文化自信和自觉的历史责任担当是我们举全省之力编纂《丛书》的内在动力。

《丛书》以国家文化公园建设为引领，以落实文化"两创"、推动"两个结合"为宗旨，以推动全省及各市文化建设为目标，是具有权威性、故事性、可读性、趣味性的历史故事集成，是一套可携带、可利用、可转化的文化读本。《丛书》分为上、下两编，上编16本，围绕"四廊一线"文化体验廊道、八大文化传承发展片区展开。"四廊一线"构筑的沿黄河、沿大运河、沿齐长城、沿黄渤海、沿胶济铁路的文化交通线纵横交错，相互联系又各具特色，其特点是以脍炙人口的故事形式联通"四廊一线"的人物事迹、重点景区、遗址遗迹等，厚植文化体验廊道的思想内涵和文化底蕴。八大文化传承发展片区，既涵盖了沂蒙、渤海、鲁西、胶东四大红色文化片区，又吸收了泰山文化、儒学文化、齐文化作为重要支撑，演奏出山东历史文化、革命文化、社会主义先进文化的时代交响。下编16本，紧紧围绕各地市优势和特色展开，主要记述本地区历史故事、文化遗址与人文景观、非物质文化遗产等内容，是推动文化廊道落地、推进片区文化建设、增强文化认同、深化文旅体验的重要载体。

《丛书》由山东省委常委、宣传部部长白玉刚统筹谋划和指导，省委宣传部专门组建学术编纂委员会负责具体实施，省直各有关部门和各市委宣传部给予大力支持配合，省内相关高校、研究机构和各市有关单位共100余位专家学者积极参与，历经酝酿策划、启动实施、提纲设计、样稿研讨、通稿审稿、编辑出版等六个阶段。2022年以来，省委、省政府先后印发《关于打造中华优秀传统文化"两创"新标杆行动计划（2022—2025年）》《关于建设文化体验廊道推动文旅融合高质量发展的实施计划（2023—2025年）》，全方位挖掘展现山东人文沃土可以深度耕作的比较优势，为《丛书》编纂做好了思想、学术和组织准备。具体编纂过程中，省委宣传部专门印发《关于做好〈丛书〉编纂工作的指导意见》，统一思想认识，作出全面部署。编委会以线上线下形式，多次召开全体会议和分组专题会议，狠抓三个重要工作节点：**一是审定编撰提纲。**通过反复研讨、交流、修改、会审等形式逐一审定编写提纲，最大程度保证全书质量。**二是树立样稿典型。**集中力量撰写、反复研讨修改，确定分类样稿，做好典型导引。**三是全力做好通稿统审。**采用主编初审、各卷主编交流互审、学术专家主审、首席专家终审等层层把关、集中审查、反复修改的方式提高稿件质量。

回顾《丛书》编纂工作，始终注意把握好以下四个方面：**一是坚定文化自信。**通过挖掘历史资料、开发历史资源、恢复历史场景等形式，获取文化营养，坚定文化自信。**二是助推文化自觉。**通过传承弘扬优秀传统文化、红色文化、社会主义先进文化，深入挖掘历史先贤和革命先烈的伟大事迹，推动文化自觉，与培育践行社会主义核心价值观有机结合。**三是落实文**

化"两创"。精选真实历史故事，注重挖掘故事背后的文化内涵，推动齐鲁优秀传统文化在新时代创造性转化和创新性发展，推进文化自信自强。**四是服务文旅融合。**借助故事、景观、遗址、非遗讲解词、短视频等融媒体形式，让广大读者在区域文化旅游、廊道文化体验中感受中华文化的博大精深，增强民族自豪感和自信心。

在内容撰写上注重四个结合：**一是与廊道体验相结合。**突出廊道建设概念，以故事为纬线，以时代发展为轴线，通过富有魅力的故事讲述，展示历史人物、景观、史实，引领读者体验传统文化的恢宏气势和博大精深。**二是与景观建设相结合。**以真实动人的故事为景观建设提供重要的历史资源和文化依据，通过一个个精品景观建设展示历史故事的丰富内涵和当代价值。**三是与文物保护相结合。**通过讲述历史故事，让广大读者进一步了解相关文物、遗址的历史文化价值，提升文物保护意识，推动群众性文物保护工作再上新台阶。**四是与媒体利用相结合。**立足于故事转化，使故事成为各类媒体传播的重要基础、蓝本和素材，成为廊道文化、片区文化讲解、传播的重要学术依据和资料来源。

《丛书》的编纂出版，是普及、传播优秀传统文化，推动文化"两创"的新尝试。衷心希望广大读者通过阅读本书，吸收丰富文化营养，多提宝贵修改意见。

编者

2023 年 8 月

导　语

习近平总书记在党的二十大报告中指出："坚守中华文化立场，提炼展示中华文明的精神标识和文化精髓，加快构建中国话语和中国叙事体系，讲好中国故事、传播好中国声音，展现可信、可爱、可敬的中国形象。"泰山文化历史悠久、博大精深，留下了丰富的史料，其中以故事的形式记录和传承的泰山文化是重要组成部分。讲好这些故事，我们责无旁贷。

泰山，古称"岱宗"等，主峰在泰安市北部，海拔 1532.7 米。泰山是五岳中的东岳，山势磅礴，雄伟壮丽，以"五岳独尊"的盛名称誉古今。泰山被联合国教科文组织列为世界文化与自然双重遗产。泰山历史悠久，文物古迹众多，被誉为中国文化史的一个缩影。

华夏文明初始，泰山便凸现于历史舞台，东夷族发祥于此，传说黄帝等封禅泰山。此所谓封，是在泰山之巅筑坛以祭天；此所谓禅，便是在泰山下小土丘上设坛祭地。后世帝王为了宣扬自己受命于天，相继举行封禅大典，留下了众多的史迹。

帝王封禅告祭大典的兴起，促进了泰山宗教的发展，名道高僧传经布道，兴寺建观，使泰山古刹掩映、宫庙林立。泰山不仅为帝王僧道们所崇拜，也为历代的文人学者所仰止。曹植寄怀《飞龙篇》，李白题诗《游泰山》，杜甫吟咏《望岳》传千古。历代学者史家，还留下了大量的泰山典籍，为泰山留下了珍贵的历史资料。

泰山，既是帝王封禅、文人登临的名山，又是兵家争战的要塞。清代顾祖禹在其地理名著《读史方舆纪要》中指出："山东形胜莫若泰山，泰山之形胜萃于泰安，繇此纵横四出，扫定三齐，岂非建瓴之势哉？"先秦跖、西汉赤眉、东汉黄巾、南燕王始、唐代黄巢、南宋耿京、明代刘六、清代曹龙章等农民起义军曾占据或转战泰山。革命战争年代，山东省委在徂徕山发动武装起义，打响了山东抗日的第一枪。风云际会、兵戎胶葛，历史在这里演出了多少威武雄壮的话剧。

今天，虽然漫长的历史已一去不复返了，但历史遗迹遍布泰山的山山水水。古建筑、古石刻、古墓葬、古遗址……各类名胜古迹极为丰富。这里有春秋战国时代的军事防线泰山齐长城，有珍贵石刻泰山秦篆，有被称为"榜书之宗""大字鼻祖"的经石峪刻经，有中国现存最古老的石塔四门塔，有"域中四绝"之首古刹灵岩寺，有规模宏大的东岳神府岱庙，有中国古代三大宫殿建筑之一岱庙大殿，有道教壁画之杰作《泰山神启跸回銮图》，有举世闻名的高山建筑碧霞宫，有海内第一名塑之称的灵岩寺罗汉塑像……它们在硝烟与流光中幸存，成为历史的真实记录。

泰山故事历史悠久。《韩非子》中言，"昔者黄帝合鬼神于泰山之上"，《庄子》中言，泰山之神名"肩吾"。汉镜铭中就有"上太山，见神人，食玉英，饮醴泉，驾蛟龙，乘浮云"的仙话故事。除此之外，还有大量的神话故事、风物传说和民间故事等，形成了蔚然大观的泰山故事。泰山故事具有突出的特点：

第一，从文化主体看，泰山文化是由封禅祭祀泰山的历代帝王、与泰山互动的历代文人、朝山进香的民间风俗以及生于斯长于斯的本土民众共同创造的。相对于其他文化，它并非纯粹的本土性区域文化，甚至在很大程度上是由片区外的主体主导的，所以泰山文化更具有中国文化大传统的特征。这就决定了故事的大文化、大传统的特点。

第二，泰山文化的创造主体往往成为泰山故事的重要内容，即故事的主角更多是非泰山地区的，像孔子、孟子、李白、杜甫、秦始皇、汉武帝等。他们都来自正史，确有其人其事，但毫无例外地成为泰山故事的主人翁。他们一方面创造泰山文化，另一方面又因自身独特的影响，成为泰山故事的描写对象。泰山文化的创造者又成为泰山故事的描写对象，这形成了泰山故事的奇妙画面。

第三，泰山自古即为天下名山，与帝王、文人、百姓等密切互动。西汉时成为天下首山，此后五岳之长、五岳之伯、五岳独尊的论断不断出现，随着自然神格化的进程，泰山崇拜成为天下之共识，因此东岳泰山之神、泰山石敢当、碧霞元君等神格化的泰山自然神灵成为泰山故事的重要内容。

第四，泰山见证了中国近现代史。泰山地区有着丰富的红色文化资源。以徂徕山、肥城陆房等红色资源为代表的泰山红色文化，承载着丰富的革命精神，蕴含着深厚的历史文化内涵，这些成为泰山故事的重要内容。

泰山故事生动形象地记录和反映了泰山文化，这些故事本身与文学关系极为密切。表面看来，许多故事似乎荒诞不经，深究而言，却能更典型、更集中地反映泰山地区的真实状况。换言之，艺术的真实源于生活的真实，却高于生活的真实，是一种更高的真实。

我们从这些故事当中，遴选出九十二则，并分为独尊泰山、史话泰山、咏赞泰山、传说泰山、红色泰山等五个大类。这些故事生动形象地记录和反映了泰山风情，表现了中国文化的价值追求，体现了中华民族的基本思想。从中可体验泰山文化，感受泰山文化精神。

说到泰山文化的主题，近代作家许兴凯感慨道，作为五岳之首，泰山可以代表我们中国。1987 年，泰山被评为世界文化与自然遗产。世界遗产委员会评价道，神圣的泰山两千年来一直是帝王朝拜的对象，那里的艺术杰作与自然景观完美地融合在一起。泰山一直是中国艺术家和学者灵感的源泉，象征着古代中国的文明和信仰。季羡林认为，泰山文化体现了中华民族的传统文化。2005 年，泰山被《中国国家地理》杂志评为中国最美的十大名山之一，而且是五岳中唯一入选的名山。该杂志将泰山定位为"华夏的图腾"，并进一步指出："泰山久已参与社会，深入人心，超越观感，成为中华民族及其文化之地标。深具儒家风范者，首推泰山。"

概言之，泰山是中国文化的象征，是中华民族的地标。

众多泰山故事，集腋成裘，积水成渊，表现了中国文化的价值追求，体现了中华民族的基本思想，即天人合一、以人为本、厚德载物、开放包容与自强不息。读着这些不断传承又不断创新的泰山故事，体验泰山文化，感受其中的泰山文化底蕴，正乃泰山故事的当代价值。

目　录

一

独尊泰山

泰山是历史山，是文化山，是我国古代文明的见证。在中华文明的初始，泰山便已凸显于历史的舞台，此后绵延数千年。泰山之地位，也从"五岳之长"到"五岳之伯"再到"五岳之尊"，最后至"五岳独尊"。盘古之头化东岳展现了远古人对泰山来源的思考；黄帝封祀泰山、大舜东巡岱宗展示了泰山封禅祭祀之源头；王母神话、东岳大帝、碧霞元君、泰山石敢当则营造了泰山独特的神仙世界。

（一）上古寻源

1. 盘古之头化东岳

茫茫神州大地，名山大川数不胜数。泰山身在其中，海拔不是最高的，景色不是最美的，为何能享有"五岳之首""天下第一山"的美誉？为何能在千百年里为帝王、黎民所崇拜呢？或许下面这个古老的神话故事能告诉你一个答案。

很久以前，蜷缩在混沌中的盘古用一把斧子开天辟地，于是万物伊始，天地初分。为了不让天地再次聚合，盘古挺立天地之间。接下来，天空每天升高一丈，大地每天增厚一丈，盘古每天也长高一丈。就这样，日复一日，年复一年，一万八千年之后，天已经变得高不可及，大地也变得厚实无比，盘古也长成了一个顶天立地的巨人。他呼吸的气息变成了春风和云雾，他发出的声音变成了轰隆隆的雷鸣，他眨动的眼光变成了一道道闪电。盘古高兴的时候，风和日暖；他生气的时候，阴雨绵绵。

后来，疲惫不堪的盘古倒下了。开天辟地的辛劳和顶天立地的坚持，让盘古耗尽了最后的一点儿力气。盘古死后，他把自己的遗体也留给了自己亲手创造的这个世界：他的身躯自西向东仰卧于地，头部变成了东岳泰山，腹部变成了中岳嵩山，左臂变成了南岳衡山，右臂变成了北岳恒山，两脚变成了西岳华山；他的左眼变成了太阳，右眼变成了月亮，眉毛和头发变成天上的星星；他的汗毛变成了草木，血管变成了江河；他的骨骼、牙齿变成了埋藏在地下的金银铜铁、玉石宝藏。盘古的精灵魂魄也在他死后变成了人类，所以就有了人类是世上万物之灵的说法。

因为盘古开天辟地，造就了世界，所以后人尊之为人类的祖先。由于他的头部变成了泰山，因此，泰山就被看作是至高无上的"五岳之首"，被称为"天下第一山"了。

2. 黄帝封祀泰山，开启封禅历史

黄帝，被尊为中原各民族共同的祖先。起初，他是部落首领。伴随着部落实力日益增长，统治范围不断扩大，黄帝与泰山附近的东夷部落首领蚩尤之间势同水火。蚩尤，号称"主兵之神"，有勇有谋。相传他有八十一个兄弟，兽身人面，铜头铁额，勇猛无比。他们不食五谷，能够吞砂咽石。遇上这样可怕的敌人，结果可想而知，几番厮杀下来，黄帝落得九战九败。无奈之下，黄帝带领残军败将来到泰山修整。

泰山起了大雾，三天三夜不见天日。连续吃了败仗，天气又如此糟糕，为了排遣心中的烦乱，黄帝一人独自走进泰山的怀抱。大雾之中，一切变得模模糊糊，虚幻缥缈。突然，一个长着人的脑袋但身体是一只大鸟的妇人，出现在黄帝的面前。"神仙来了！"惊恐之余，黄帝赶紧大礼参拜，战战兢兢地伏在地上不敢起来。这个长相奇特的妇人居然开口说话了："我是九天玄女，今天相遇也算是一段缘分。你有什么想实现的愿望吗？我可以帮助你。"黄帝闻听，大喜过望，急忙回复道："我想以后打仗的时候战无不胜，隐藏起来的时候永远不会被发现。正不知如何去做呢。"接下来，九天玄女就向黄帝传授了克敌制胜的战法。有了神仙助力，黄帝信心大增，重整人马，终于大败蚩尤，成为天下之主。

泰山遇仙成就了黄帝一统天下的宏图伟业，黄帝本人也把泰山看作是神仙聚集、沟通天地的神圣之地。为了答谢天地的佑护之恩，宣示自己的丰功伟绩，黄帝决定效仿传说中来泰山封禅的无怀氏、伏羲氏、炎帝等，在泰山举行祭祀天地的封禅大典。

黄帝下令，各部落酋长齐聚泰山。万众瞩目之中，黄帝乘坐着由六条蛟龙驾驶的象车。木神毕方在车旁护卫，蚩尤在前为其开道，风伯为其扫尽尘埃，雨师为其清洗道路。腾蛇伏地，凤凰飞翔，奏响动听的音乐。黄帝登上泰山极顶，他要在这里完成祭祀上天的仪式。山顶上的木柴堆成了小山丘的样子，木柴之上摆满了各种祭品。黄帝亲手点燃了木柴，在熊熊火光的映照下，他一丝不苟地完成祭天仪式。各部落的酋长，望着山顶上冲天而起的烈焰浓烟，连连伏地膜拜。

封天仪式大功告成，黄帝率领各地酋长，又来到泰山附近的亭亭山，举行了隆重的禅地仪式。各部落酋长观看了黄帝的整个封禅过程后，无不诚惶诚恐，对黄帝更加心悦诚服。后来秦始皇、汉武帝等无不仿效黄帝，接踵封禅泰山。

3. 大舜帝东巡泰山

在古人的心目中，泰山是东边最高的一座山，而东方又是太阳升起的地方，所以泰山又被传为主宰生命的地方。大舜在接受尧禅让的王位之后的第一个春天，就东巡到了泰山。

大舜在臣子们的簇拥下，缓步走向泰山的巅峰。没人知道，看似一脸平静的他，正在竭力压制内心的激动。之前，他接受了尧的禅让，成为新的王者。今天，他将在首次东巡的第一站——泰山，通过柴望祭祀，把这个消息报告给上帝，以证明他获得的权力是上天认可、民众信服的。他抬头看向泰山的最高峰，心想：自己的第一次泰山祭祀会顺利吗？

或许，是为了缓和一下内心的紧张情绪，大舜随口问身边一个年长的臣子："你以前来过泰山吗？"年长的臣子回答："臣以前陪同唐尧来过泰山，有幸亲眼看到了柴望祭祀的全过程。"闻听此言，一个年轻的臣子急忙插言道："自从巡狩东方前往泰山开始，我就一直想知道，东巡为何要到泰山？什么是柴望？从这里到山顶还有段时间，不如你给讲讲吧。"年长的臣子用问询的目光看向大舜，大舜微微点头应允。于是，年长的臣子平稳了一下呼吸，缓声说道："不知道从什么时候开始，人们发现太阳每天都在东方升起，而泰山是东方最高的一座山，所以就认为泰山最接近上天，泰山也就成为人类与上帝对话的地方了。帝王们遇到大事，都要到泰山来，向上天报告，请求天帝的认可和帮助。"

看到大家纷纷点头称是，年长的大臣用手指向前面的一座平顶山峰，继续说道："看到那座山了吗？当年唐尧就是在那里举行的柴望祭祀。以后，人们就把那座山叫作'尧观顶'了。所谓柴望，分为'柴'和'望'两个部分。柴，就是堆起柴草，上面放一些祭品，由祭祀者亲手点燃，借助上升的云烟，把我们的消息带到天上；望，就是按照其他山岳的排位顺序，祭祀者依次遥望四面八方。与此同时，四方的诸侯，也各自登上境内的高山，面向泰山遥遥参拜。"就这样，他们边走边聊，不觉间已经来到泰山最高的地方。

大舜的眼前出现了一大堆摆放得整整齐齐的柴草，上面摆满了各色祭品。经过行礼和祷告后，大舜用手里的火把点燃了柴草，烈焰和浓烟升腾而起。望着直上九霄的阵阵烟云，大舜大声地说："作为今天的主祭者，我将代天理民，愿上天佑护我吧！"接下来，大舜依次面向各方，遥遥眺望。他仿佛看到了广袤的大地上，有些地方也星星点点地冒起了丝丝缕缕的白烟。大舜暗想："那一处处冒烟的地方，都是我治理管辖的范围，我要让那里的人们，衣食无忧，安居乐业，这将是我一生努力的方向。"

清康熙二十三年（1684），康熙仿照大舜祭祀泰山的方式，东巡来到泰山山脚祭祀泰山。

（二）神迹仙踪

1. 西王母建瑶池

在泰山南麓，泰山中溪西侧，有一座临溪而建的三进式建筑。建筑高低相间，溪水潺潺，它的名字叫王母池，这一名字的来历还有一个美丽的传说呢。

传说黄帝封禅泰山的时候，不仅邀请了各部落首领，还邀请了西王母前来观礼。

西王母雍容华贵、美丽端庄，居住在玉山（又称昆仑山）的石洞中，被尊称为"西昆仑真人"。山上有瑶池，水清波碧。还有长着牛角、满身豹纹、声音如犬吠的狡兽，以及三青鸟，分别充当王母的护卫与信使。

为了隆重地迎接西王母，黄帝为她挑选了七名美丽的女子做侍女，让她们在他刚刚建好的岱岳观中一边修行，一边等待着西昆仑真人的到来。

黄帝举行封禅仪式的当天，雍容华贵的西王母头戴玉胜，驾着青鸟，伴着祥云和仙乐来到封禅场地。封禅大典结束之后，黄帝对西王母说："我为你挑选了七名侍女，你就在这里多留几天吧，我们也方便讨论不死之术。"说罢，七名头戴云冠，身披羽衣的侍女列队来到西王母面前叩拜。西王母环视了一圈，转身与黄帝说："我可以多留几天，但是我需要一个单独修行的地方。这儿中溪下游的水湾与我昆仑瑶池十分相似，我就降坐这里吧！"黄帝听完，满心欢喜地答应了。没多久，一座坐落在三层台基之上，依山临水、红墙黑瓦的庙宇就建成了。黄帝为了方便向西王母学习不死之术，还在庙的后院中建了一个名叫"会仙亭"的亭子，以备西王母说法论道之用。

西王母住在庙里修行的时候，看到中溪的水非常清澈，于是每天早晨都要去中溪梳洗。黄帝听说后，就在溪边建了一栋梳洗楼，中溪之水也由此改名为"梳洗河"。

由于这个庙是专门为西王母修建的，又与昆仑瑶池非常相似，所以人们就给它起了一个名字叫"瑶池"，老百姓也称之"王母池子"。

传说每年三月初三，西王母就在瑶池里举办蟠桃盛会，这一天，各路神仙都会赶来赴宴。在百姓的眼里，三月三是泰山上神仙最全的日子，所以无数的善男信女前来凑热闹，希望能结个仙缘。

由于王母池风景优美，周边梳洗河流水潺潺，这里成为远近闻名的游览胜地。三国时期，曹植经常跟随父亲曹操在泰山一带活动，留下了"驱风游四海，东过王母庐。俯观五岳间，人生如寄居"的诗句。唐天宝年间，诗仙李白

王母池（陈坤摄）

游览泰山，也慕名来到王母池，留下了"朝饮王母池，暝投天门关"的吟咏。

2. 东岳大帝的来历：金虹氏

东岳大帝，又称泰山神。说起他的来历，主要有黄飞虎、太昊氏、金虹氏等几个传说。其中金虹氏一说竟然与生前开天辟地，死后头部又化作泰山的盘古有着莫大的关系。盘古的九世孙就是金虹氏。传说金虹氏的母亲弥轮仙女一天晚上做了一个梦，梦见有两个太阳进入口中，醒来发现自己怀了身孕，后来生下两个儿子，其中一个便是金虹氏。在金虹氏年幼时，部落遇上了上古大洪水时期，大地都被洪水淹没，人们只好跑到附近的高山上躲避灾难。金虹氏的母亲带着年幼的他，随着部落里逃难的人群，来到了泰山。在泰山的怀抱里，人们渴了喝山泉水，饿了采食树上的野果。偶尔他们也能捕获到山里的一些小野兽，用火烤熟后食用。

渐渐地，小金虹氏长大了。每日摘果子，掏鸟蛋，挖陷阱，

追捕受伤的野兽。这些劳作让金虹氏的身体变得灵巧又强壮。有一次，金虹氏和族人一起打猎，他竟然一人打死了一头大灰狼。很快，金虹氏一个人打死一头大灰狼的消息，在附近的部落中传扬开来。很多人都专门来到族里，看看金虹氏这个了不起的打狼少年。后来，东方部落联盟的首领金天氏也知道了这件事情，特意把金虹氏请去，让他做联盟的勇士。

不久后，一条巨大的蟒蛇窜到泰山。而且这只巨蟒不吃别的东西，专门以人为食。一时间，泰山上各个部落全都人心惶惶。金虹氏听到巨蟒接连吃人的消息后，立誓要为人除害。他背上弓箭，拿着石矛，按照族人的指点，走进泰山深处，四处寻找巨蟒的踪迹，最终金虹氏发现了巨蟒藏身的山洞。

金虹氏往洞里扔了一块石头，果然洞内传出了阵阵声响。金虹氏搭起弓箭，瞄准洞口。一条巨蟒从洞内游动而出，一边吐着血红的芯子，一边转动脑袋四处张望。金虹氏瞅准机会，一箭射中了巨蟒的一只眼睛。趁着巨蟒负痛翻滚之际，金虹氏手持石矛冲到近前，一矛戳瞎了蟒蛇的另一只眼睛。巨蟒大吼一声，又粗又长的尾巴猛地扫了过来，金虹氏连忙高高跳起，避开了凶狠的一击。垂死挣扎的巨蟒，从嘴里喷出一股黑色的毒气，冲着金虹氏扑面而来，金虹氏躲闪不及，一口毒气被他吸入肺中。金虹氏咬紧牙关，忍着剧痛，高举石矛，对准巨蟒的头顶，用尽全身的力气，狠狠地扎了下去。锋利的石矛穿透了巨蟒的头颅，深深地扎进下面的泥土里。巨蟒被杀死了，金虹氏也耗尽最后一丝力气，毒发身亡。

金天氏对金虹氏的牺牲感到悲痛无比，于是封他为泰山神，让他永远守护着泰山的青山绿水，守护着泰山的黎民百姓。

3. 碧霞元君争泰山

泰山上有一位著名的女神，无人不知，无人不晓，人们都称她为"泰山老奶奶"，而古书上则将她尊为碧霞元君。千余年来，人们对泰山女神的信仰崇拜长久不衰。相传碧霞元君慈祥善良，法力无边，有求必应，灵验无比。民间一直流传着一个关于碧霞元君坐镇泰山的故事，细细品读，颇为有趣。

很久以前，钟灵毓秀、物华天宝的泰山就已经很有名气了，来过这里的各路神仙，没有不想留下来享受世人香火的。常言道，一山不容二虎。神仙多，可泰山只有一个啊。于是相中泰山的众神之间，展开了激烈的竞争。经过一轮轮的淘汰赛后，碧霞元君和老佛爷成为最终的竞争者。为了公平起见，他们特地邀请太上老君作为裁判。比赛规则也很简单，碧霞元君和老佛爷两位选手自泰山山脚出发，沿登山盘道全程徒步攀登，先到山顶者获胜，获得泰山的执掌权。这一场泰山上最早的登山比赛，在太上老君的一声号令下，正式开始了。只见老佛爷一马当先，身影如同飞箭，嗖的一声射了出去。碧霞元君也毫不示弱，快步如飞，紧随其后。老佛爷边跑边想："快跑啊，赢了，泰山就是我的了。快啊！再快一点啊！"他一遍遍地在心里为自己加油，脚下越发用力起来，只跑得两耳生风，呼呼作响。终于在最难爬的十八盘上，老佛爷把碧霞元君抛在了后面。眼看与老佛爷逐渐拉开距离，碧霞元君咬紧牙关，拼了命地紧追，奈何老佛爷的身影越来越远。

老佛爷眼角的余光已经看不到碧霞元君好一会儿了，但他丝毫不敢大意，继续埋头飞奔，穿过南天门，跑过天街，直到一脚踏上泰山极顶的时候，他才回过身来往后看。哪里还有什么碧霞元君啊，早就不知道被落在什么地方了。再往远处一看，太上老君也才到中天门，老佛爷心想："老爷子这速度，啥时候才能到山顶呀！"渐渐冷静下来的老佛爷，突然想起一件事，他之前听其他神仙说，碧霞元君聪慧无比、鬼怪精灵，不能小看了她。想到这里，老佛爷自言自语道："这要是等她到了山顶，太上老君还没有来的话，谁胜谁负可就真说不清楚了，我得想个办法才是。"老佛爷灵机一动，心想："我要是在泰山顶上挖地三尺，埋下一只木鱼作为我第一个登上极顶的凭证，到时候可是有我说的没她说的了。"说干就干，老佛爷俯身挖起来。恰在此时，碧霞元君爬到了山顶，她看到老佛爷正在埋头挖坑，便不动声色地躲在山石背后观看。只见老佛爷埋好木鱼后，又用脚把土踩实，然后拍拍手上的土，哼着小曲去南天门等候太上老君了。碧霞元君多聪明啊，马上就明白老佛爷埋木鱼的用意了。趁老佛爷不在，碧霞元君把木鱼挖了出来，又向下深挖了一尺，把自己的一只绣花鞋埋在下面，再放回木鱼恢复原样。碧霞元君刚收拾好，老佛爷就搀着气喘吁吁的太上老君来到了山顶。太上老君站定后，问两人谁先登顶，结果两个声音一起回答："我！"老佛爷得意地一笑，说道："早就料到你会耍赖，所以我留下了证据。我不仅先登上山顶，还在这里埋下了木鱼。"碧霞元君淡淡地说："埋东西谁不会啊，你挖出来看看呗。"于是老佛爷挖出了木鱼，给太上老君看。碧霞元君说："别急啊，你再往下挖挖。"老佛爷不解地说："下面我没埋东西啊。"话音未落，一只精巧的绣花鞋出现在大家眼前，这下老佛爷可真的傻眼了。太上老君宣布比赛结果，碧霞元君获胜。接着，太上老君奏请玉皇大帝准许碧霞元君坐镇泰山。

老佛爷明知碧霞元君作假，却也无计可施。他把满腔的怒气都撒在泰山顶上的松树上，气呼呼地说："我要把山顶的松树都拔了，晒死你个黄毛丫头！"他使出法力，一下就把岱顶的松树全都拔了出来，一半扔到前山，一半抛到后山。老佛爷悻悻地走了，泰山的山顶变得光秃秃的了。山顶上白天没有树木遮阴，火辣辣的太阳照得人睁不开眼；晚上少了树木阻挡，凉风扑面而来，寒意沁人。可是就这样，碧霞元君依然坚守在泰山，每日里为数不清的善男信女宽心纾困，排忧解难。

4. 碧霞元君的出身

相传，东汉明帝时，有一个小生命，在西牛国奉符县呱呱坠地。这户人家姓石，父亲名叫石守道，是徂徕山下著名的儒士，母亲姓金，生下的女孩，便取名叫作"石玉叶"。徂徕山上的秋千架，据传就是石玉叶少女时打秋千的遗迹。而徂徕山下的石姓人，也尊这位玉叶姑娘为"老姑奶奶"。

玉叶的故事充满传奇性。玉叶姑娘从一出生，就表现出了超乎普通人的特点，她三岁懂得人伦道理，七岁听得懂道法，并开始天天向西王母神像焚香叩拜。十四岁时，她不顾家人反对，坚持要前往深山求法行道。她一路北上，来到了泰山。那时的泰山还十分荒僻，猛兽出没，暴徒潜踪。她路上遇到过劫匪，山中遇到过饿狼、猛虎。不过由于天神的佑护，她一一摆脱了这些厄难。后来又得到一位曹仙者的指引，来到泰山深处的一座山，名为"天空山"。山下有一个黄花洞，石洞宽阔，天然而成，洞中有一张石床，洞顶渗水滴珠，叮咚入池，名叫"灵异泉"，又名"来鹤泉"。洞内有盛夏存冰柱的奇观，洞外四周开满黄花。传说玉叶姑娘就在黄花洞中闭关修炼，这一练就是数年。明代人王之纲在此题写了"玉女修真处"石刻，后人便也称此山为"玉女山"。

古人常说，不受磨难不成佛。石玉叶在黄花洞的修炼过程，也充满了艰难困苦。最大的艰辛不是盗匪、饿狼，也不是猛虎，而是饥饿。黄花洞地处深山，周围百里无人居住，山上可吃的东西又少之又少，就在她又饥又渴的时候，山中有一个白猿猴，非常同情这个在深山修道的女子，就摘下桃子送给她吃。这就是著名的白猿献桃。在白猿的帮助下，这个玉叶姑娘在深山中度过了苦修的生活，最后三年丹就，元精发而光显，飞升上仙。她飞升的时候，没有忘记帮助她的白猿的恩德，将它一起带到天宫。道教绘画《娘娘分身图》中的"白猿献桃"，描绘的正是这段故事。

至今，在后石坞我们还能看到两座坟墓。一座叫元君墓，据说那就是石玉叶飞升后留下的肉身的埋葬之处。在元君墓的旁边还有一座白猿墓，传说碧霞元君飞升的时候带走了白猿，白猿的肉身就埋葬在女神的身边。明隆庆年间，辅国大将军朱睦㮮在玉女修真所在的天空山建造了元君庙，供奉玉女神像。这里地处泰山奥区，

后石坞碧霞元君庙（王德全摄）

景象清幽，殿阁富丽，犹似人间仙境。至今仍是泰山一处游览胜地。

　　传说玉叶飞升上仙后，被敕封为"泰山玉女"。从此这位玉女便坐镇东岳，统领众仙，执掌泰山。从宋代开始，人们在泰山顶上，为她修建祠庙。自此，玉女信众无数，香火连云，逐渐成为天下尊奉的著名女神。

5. 泰山石敢当的来历

　　传说泰山古时有一个人，姓石，名敢当，家住在徂徕山下桥沟村。这个人武功高超，无所畏惧，特别喜欢打抱不平。不论乡亲们谁家有灾有难，石敢当总是第一个出来帮忙，只要他出面，没有解决不了的事情。渐渐地，附近的山贼野寇、狼虫虎豹和妖魔鬼怪都逃离了徂徕山。石敢当的名字也越传越广，平日里外乡来找他帮忙的人越来越多。

　　这天早上，石敢当正在家里吃早饭，忽听院门被人敲得咚咚直响。石敢当打开院门，只见一个风尘仆仆的男青年站在门

外，男青年一边躬身施礼，一边客气地问道："敢问阁下可是石敢当石英雄？"石敢当忙应声说是。来人扑通一声，双膝跪地，紧紧拉住石敢当的双手说："石英雄，您赶快去救救我的妹妹吧！我们全家都不会忘记您的大恩大德。"说完，他伏地叩头不止。石敢当连忙扶起来人，让他仔细地说说事情的原委。

原来此人姓张，是泰安城南大汶口村人。家中妹妹因为生得端庄秀丽，不想被妖怪纠缠上了。请了很多人来驱妖，但都被妖怪打败了。他听说徂徕山下的石敢当本领高强，又擅长降妖除怪，所以奉父母之命，特地来请。石敢当一听，果断应下了。

石敢当来到张家，经过一番仔细查看，已是胸有成竹。他让张家妹妹到邻居家躲起来，今晚他住在妹妹的房间里。另外，他安排张家找来十二个孩子，每人手持一面锣鼓；再准备一盆香油，用棉花多搓几个灯捻放在盆里；最后，找一口比盆子大的铁锅。等一切都安排妥当，天也黑了下来。石敢当把香油盆的灯捻点上，上面盖上铁锅，为了不让灯灭，他用一只脚微挑起锅沿，遮住向外的光亮。石敢当吩咐孩子们，只要看到屋里的灯亮起来，就敲锣打鼓、大声呐喊。

天越来越黑，铁锅也越烧越热。突然一阵狂风掠过，院子里吧嗒一声，落下个身影，影子摇摇晃晃地走了过来。就在妖怪推开房门的瞬间，石敢当大吼一声，一脚就把烧得滚烫的铁锅踢向妖怪。妖怪本能地伸手抱住，刺啦一阵声响，妖怪的双手和前胸都冒了烟，它被烫得跺着脚哇哇大叫。孩子们看到房间大亮，立刻操起家伙，顿时锣鼓声响成一片，把妖怪吓得瘫软在地。说时迟那时快，石敢当一个箭步就冲到妖怪面前，一把揪住它的头发，铁锤一样的拳头雨点似的落了下去。妖怪鬼哭狼嚎，拼命地喊着："再也不来了，再也不敢了！英雄饶了我吧！"

石敢当听它叫得可怜，也不忍伤害它的性命，就告诉它："我是泰山石敢当，下次再让我遇到你为非作歹，祸害人家，一定严惩不贷！"妖怪一听逃生有门，忙发誓决不再做坏事。石敢当就把它放了。

张家的姑娘得救了，石敢当的名声也变得越来越大。天南地北来找他降妖除怪的人络绎不绝，石敢当分身乏术，常常忙不过来。为了帮助更多的人，石敢当告诉大家："凡是请他不到的，就找一块石头，上面刻上'泰山石敢当'五个字，放在家门口或者村子路口，妖魔鬼怪见到后自然不敢生事。"于是，人们便把他的名字刻在石头上，镶嵌在墙上，用以震慑群魔。所以，无论城市还是乡村，无论大街还是小巷，四海之内，"泰山石敢当"的刻石随处可见。

这个传说故事，十分生动地演绎了石敢当镇鬼压邪、护佑百姓平安的信仰内涵，以及通过铭名刻碑而传播天下的民俗特点。

泰山石敢当（房庆安摄）

二

史话泰山

"史亦莫古于泰山"，泰山的历史源远流长，泰山文化传承不断。秦汉以降，六位帝王接踵封禅泰山，历代帝王遣官祭祀泰山，名道高僧纷纷来此传经布道，留下了众多的历史故事。透过这些故事，我们依稀看见了历史长河中攀登前进的帝王将相、文人墨客、良吏乡贤。

（一）帝王封祀

1. 秦始皇封"五大夫松"

泰山云步桥北侧的五松亭旁，有一棵被封了官职的松树，而且是由皇帝亲口御封的，这是怎么一回事呢？

话说秦王嬴政统一天下后，为了显示帝国的强大，夸耀自己的丰功伟绩，便欲效法传说中的上古帝王封禅泰山。由于距离上次举行封禅大典已有数百年，已无人能说清楚当时的仪式流程了。于是，秦始皇征召鲁国的儒生、博士七十余人，一起随他到泰山山脚商议封禅泰山之礼。儒生们争论良久，最后对秦始皇说道：“泰山是神圣之山，即使是人间的帝王，也要虔诚地尊敬泰山。因而，您乘车登山时，要用蒲草把车轮包裹起来，确保不损伤泰山的一草一木、一石一土，这样才能得到泰山神的护佑。”

秦始皇听了以后很不满意，心想：“用蒲草把车轮子包起来，慢腾腾地行进，怎么能显示出我千古一帝的威仪呢？这些儒生，一定是在糊弄我。”于是，秦始皇贬退儒生，下令开山辟路，排开仪仗，浩浩荡荡地登上了山顶，举行了封天大典。之后，秦始皇带着大队人马返程，当走到御帐坪西北时，万里晴空忽然黑如锅底，瞬时雷声隆隆，大雨倾盆而下。原本得意扬扬的仪仗队顿时慌了手脚，有的赶紧去给秦始皇撑黄罗伞，有的举起长袖想为秦始皇遮雨。秦始皇此时心中也惊惧不已。东张西望中，他恰好看到路旁有一棵大树，枝叶繁密，虽然雨势大，但只树下溅了几点雨渍，秦始皇甩开近侍的拉扯跑到了树下避雨。皇帝占了这块地方，其他人又怎敢再上前呢？于是跟随秦始皇上山的人只好站在大雨里，被淋得瑟瑟发抖。

大雨来得蹊跷，去得也急，不一会儿，雨收云开，天空复又晴朗。秦始皇躲在树下，只有皇袍袖口、衣襟被淋湿了一点，而他的随从个个成了落汤鸡。秦始皇看到此景，忍不住哈哈大笑起来。一个近侍趁机献言道：“山中遇雨，而有此树庇佑陛下脱困，可见此树定是泰山神派来的使者。陛下应该封赏此树，才不辜负神灵的一番美意。”秦始皇一听言之有理，于是让大臣赶紧讨论封这棵树为什么官。大臣们讨论了一会儿之后，有人说：“这棵松树有护驾之功，我们秦朝的二十级爵位中，有一个'五大夫'的爵位，位居第九级，封给这棵松树正合适。"
于是，秦始皇下令为这棵替他遮风挡雨的大树封了五大夫的爵
位，这棵树也被后人称为"五大夫松"。

"五大夫松"坊（城印文化科技集团供图）

汉代太史公司
马迁在《史记》中
专门记述了这件事，
至于秦始皇封的究
竟是棵什么树，他
却没有明说。到了
唐代，宰相陆贽写
了一首诗，有"不
羡五株封"之句，后人便误以为是给五棵树封了大夫官职。由
于泰山松树极为有名，后人更凿实为五棵松树。如此一来，为
秦始皇遮风避雨的大树也就变成了五棵松树。

千百年过去了，这些松树死了栽，栽了死。直到雍正八年
（1730），钦差丁皂保奉旨又补栽上五棵松树。遗憾的是，钦
差大人栽的五棵松树到现在也只剩下两棵了，但封号因袭不变，
一直叫到了今天。

2. 汉武帝与无字碑之谜

泰山极顶玉皇庙前有一块奇怪的石碑，形制古朴奇特，石
面粗粝沧桑。说它奇怪，是因为泰山上遍布石刻，而这块石碑
耸立在泰山之巅，竟没有镌刻一个字，以至于来历成谜。为什

么要在泰山极顶立一块碑却又不说明原因呢？明末清初著名的史学家和考古学家顾炎武曾对之有过一个推论。

当时，顾炎武站在无字碑前，手抚碑面，久久不说一句话。随从不解，询问道："先生，泰山之上到处都是名人题刻，您大多一笑而过，为什么会在这块奇怪的石头前面停留这么长的时间呢？"

顾炎武回头反问道："你可知道这块石碑是哪个朝代的遗物？"

随从摇摇头："看起来应该很久了，莫非是宋朝所立？还是唐朝的东西？"

顾炎武微微一笑："还要再早，再早些。"

无字碑

自从见了无字碑，顾炎武的心思就被它占据了。下山后，顾炎武开始查找资料，研究无字碑的来历，终于在司马迁的《史记》中找到了蛛丝马迹。相传，汉武帝第一次封禅泰山的时候，由于天气寒冷，泰山上的草木还没有发芽。于是，汉武帝派人在山上立了一块石头，然后就去海边寻找神仙了。之后，顾炎武又多方查找其他资料，最终得出了"无字碑是汉武帝竖立"的结论。

顾炎武高兴地与友人分享他的结论。友人说："仅有史书中的一句话不足为凭，乾陵也有无字碑，则此碑为武则天所立也不是没有可能。再一个，看它的形制，仿佛石阙。此碑的长、宽、高又均与数字六有关联，秦朝崇尚'六'这个数字，要说这个碑是秦始皇立的也有道理啊。"两人争执不下。顾炎武便向友人详细讲述了自己的观点：

汉代神仙学说盛行，汉武帝贵为九五之尊，对这些长生之术表现出狂热的追求，对能够为他寻求到不死之法的方士给予非常丰厚的酬劳，甚至封禅泰山也成为汉武帝追求长生的方式之一。汉武帝曾先后八次到达泰山脚下，七次举行封禅仪式。

汉武帝封禅前，做了很多准备工作。例如：到司马相如家去索取关于封禅泰山的文章；召集方士开会，听取他们关于黄帝祭祀诸神的情况介绍；和大臣、儒生们反复商讨上泰山封禅的礼仪制度；等等。随着汉武帝封禅准备工作的推进，各种祥瑞开始陆续出现。先是汉武帝到今天陕西凤翔进行郊祭的时候，捕获了一只奇怪的动物，长得像鹿，头上却只有一只角。有关部门查阅了大量史书后得出结论："此物为吉祥兽麒麟，这就是祥瑞！"出现祥瑞之兽，说明汉武帝是得到上天眷顾的圣明之君，是有资格去泰山封禅的。随后几年，各地陆续又有祥瑞出现，如有巫师在今山西省万荣县境内汾阴挖出了一只大鼎。鼎象征天子的权力，更重要的是被认为与天子的德性息息相关。出现大鼎，说明汉武帝的德性也为上天认可。

汉武帝在位的第三十一年，举行封禅大典的日子终于到了。这次封禅，分为公开和秘密两部分。公开部分盛况空前，汉武帝谦卑地向上天陈情，说自己以渺小之身继承了皇帝的高位，得到了天地神灵的保佑，因此登上泰山举行封禅大典。此外，他将年号改为元封，同时颁布了一系列惠民政策，如免除泰山地区的赋税，慰问孤寡老人，大赦天下，等等。秘密部分则是武帝单独带着霍去病的儿子霍嬗从泰山南面登上山顶，第二天又从北面下了山。至于在山顶做了什么，没有人知道。唯一知道的是，霍嬗下山之后暴毙而亡。

由此，顾炎武推想，汉武帝在泰山之巅立无字碑，应该是想凭借厚重的泰山石来承载自己不可言说的秘密吧。听完这一番话，友人频频点头。虽然心中还有疑虑，却一时也想不出其他反对的理由。两人遥望着泰山，不约而同地陷入了沉思。

3. 汉武帝新甫求仙

汉元封元年（前110），汉武帝平定四方。为了向世人昭示大汉王朝的兴盛和自己的丰功伟绩，汉武帝与大臣们商议东封泰山。大臣们纷纷赞成，认为这是国之大事，必须要做。

其实，汉武帝还有一个隐秘而强烈的愿望，那就是如何才能够长生不老，永享尊位？退朝之后，汉武帝召来近臣讨论此事。

近臣说，听说在东方有神奇的方士，他们对神仙丹药、气功有研究，服用丹药之后能够长生不老，进而羽化登仙。这些方士通过修炼气功和服用丹药，在精神上达到一定境界之后，会进入一个超越现实时空的理想国度，过上人人艳羡的神仙生活。尤其是在新甫山附近，有一个叫安期生的仙人，据说他就在那里隐居修炼。传说安期生能施展法术将小屋变大屋，能利用分身术帮助周边的百姓割收庄稼。他制作的仙汤功力无边，包治百病。当地的百姓们口口相传，一致认为他是一个神仙。

汉武帝听了之后，不由得充满了憧憬和向往。于是，组织大队人马浩浩荡荡地前往东方，封泰山，禅梁父山。如期完成封禅大典之后，汉武帝来到了新甫山，期待着在这里与安期生会面，希望能够向他讨教到长生不老的方术，实现自己的夙愿。

可是，安期生就像是一个飘忽的影子，有影无踪，始终如神龙一般见首不见尾。汉武帝天天在新甫山上的一个石台上翘首以待。这个石台上有一块石头，高约三尺，日落时分，亮闪闪得如一面镜子。站在此石上背对太阳，极目远望，有时候会看见五彩光环，环内琉璃一片，晶莹剔透。此奇景被称为"新甫宝光"，乃是新泰八景之一，又称为"仙台夕照"。后来，这个石台被人称作"望仙台"。

传说安期生被汉武帝的诚心感动，现身与汉武帝彻谈了三天三夜。但是，所谈的内容并没有流传下来。交谈之后，汉武帝异常兴奋，赏赐给安期生黄金珠宝近千万。可是，安期生并没有接受赏赐，只留下了一封信和一双赤玉鞋，就不知所终了。后来，汉武帝遣使入海寻找安期生，人还没到蓬莱山，就因为遭遇风浪折了回来。

正是因为汉武帝在新甫山上见到了仙人安期生，所以他在新甫山建离宫，新甫山也由此得名"宫山"。如今，新甫山仍然留存着汉武帝于此求仙的许多历史遗迹，它们在那里诉说着汉武帝新甫山求仙的故事。

4. 汉宣帝与泰山石立

汉昭帝元凤三年（前78）正月，刚过完年没几天，泰山郡莱芜山南，突然传出一阵巨响，声震四野，仿佛有几千人在齐声呼喊。当地的百姓都被这突如其来的声音吓了一跳，不知发生了什么事情，于是纷纷前去观看。赶到现场的人发现，一块原本卧着的巨石，竟然自己竖立起来了。不知从哪里飞来了一大群白色乌鸦，聚集在巨石周边，一边扇动着翅膀，一边不停地鸣叫。有人好奇地测量了这块巨石。石高一丈五尺，宽四十八围，埋入地下的部分有八尺深，最下面还垫着三块石头。

泰山自古就是帝王封禅之地，历朝历代都被视作神山、圣山。在汉代盛行天人感应的背景下，泰山上任何异变都会引发社会上的巨大反响。果然，"泰山石立"的消息迅速扩散开来，一时成为朝野上下的热门话题。

泰山石立事件发生后不久，鲁国一位名叫眭弘的名儒向朝廷上书，声称泰山在一众山岳中最为尊贵，是帝王更替昭告天下的地方。现在泰山出现了巨石自立的异象，是人力所不能为的，这意味着要有普通人继任天子之位。眭弘建议汉昭帝寻访贤人，退位让贤。大将军霍光听说后勃然大怒，以妖言惑众的罪名，将眭弘处死。然而，眭弘之死并没有封住众人之口，关于"泰山石立"的议论持续不断。

没想到的是，数年之后，眭弘的预言竟然神奇地应验在汉宣帝刘询身上。为什么人们会将泰山石与刘询相联系呢？这或与刘询的身世有关。

汉宣帝刘询原名刘病已，是汉武帝曾孙，戾太子刘据之孙。他的人生经历堪称传奇。尚在襁褓之中，他就受"巫蛊之祸"的影响身陷牢狱。后来，历经一番曲折，被特赦恢复宗籍。之后，基于一系列不可思议的机缘，他竟奇迹般登上皇帝的宝座，实现了命运大反转。

刘询继任帝位后，首先面临的一个问题就是皇位继承的合法性问题。祖父刘据被废黜而死，自己则被权臣霍光拥立，而非出自先帝遗诏，所以，他继位后，急于证明自己皇位的合法性。在强调帝系法统的西汉，这是刘询必须面对的问题。此前发生在泰山的石立异变，让他解脱了困境，为自己的继位合法性找到坚实的依据——天命使然。于是，泰山石立一事自然而然地就成为宣帝中兴的祥瑞之兆。

接下来，汉宣帝下诏为眭弘平反，并征召眭弘之子出仕为官。随后，汉宣帝正式确定五岳祭祀制度。或许正是因为与泰山具有这层深厚渊源，他明确将泰山排在五岳首位，而且祭祀规格也高出其他四岳一筹。十年之后，汉宣帝召集天下名儒到未央宫石渠阁，讨论"五经"异同，并将结论编订为《五经通义》。在这部书中，泰山被明确认定为"五岳之长"。

5. 汉光武帝与回马岭

东汉建武三十二年（56）正月，光武帝刘秀夜读《河图会昌符》，萌发了前往泰山封禅的想法。而后，光武帝亲率王公大臣、文官武将，组成盛大的仪仗队伍，从洛阳出发，浩浩荡荡前往泰山行封禅之礼。

一行人长途跋涉，日夜兼程，终于赶在吉日到达泰山郡奉高城（今岱岳区范镇故县村），并仿照封禅旧仪在此斋戒沐浴。待一切准备得当，刘秀带领大队人马来到泰山山脚，举行盛大的"燎祭"仪式。之后稍微休息了一下，便跨上宝马良驹，率领群臣士气高昂地向山顶祭天处行进。

此行乃是上报天功，众人难免心潮澎湃，拎鞭打马快步向前。开始的时候十分顺畅，谁知后来越走越不对劲，原本顺畅的祭祀之路，开始变得崎岖难行，原本晴好的天空也渐渐被氤氲雾气笼罩。

一行人艰难地走过天关壶天阁附近，行至中天门下一处峰回路转、景色优美的地方时，训练纯熟的御马突然裹足不前，任凭马背上的人再三抽打，也坚决不肯向前迈一步。眼看就要错过祭天的吉时，功亏一篑，众人眺望迷雾中遥不可及的祭祀高台，一时不知如何是好。

望着士气低迷、困顿不堪的众人，刘秀内心苦涩不已，心中暗道："莫非这是上天并不认可我的作为，有意阻拦。回想自己戎马一生、重兴汉室，多少次扭转乾坤，挽大厦于将倾，拼得如今天下太平，海晏河清，行止无愧天地。"想到这里，刘秀心念电转，一扫之前颓气，朗声对众人说道："祭台就在前方，如今只是马不能至，但是人力可及，无论如何也该尽力一试。大家且将马匹留在此地，随我徒步上山。"

闻听此言，文武百官豁然开朗，既到此处，怎能因外物扰乱心智，轻言放弃，于是纷纷下马，随刘秀拾级而上。说来也巧，此时恰有清风徐来，吹散了山间迷雾。眼见前路清明，拨云见日，众人士气大振，如有神助，一鼓作气赶在吉时之前到达了山顶。

大家略作休息后，换上礼服，正式举行封天大礼。只见刘秀登上祭台，向上天敬献玉牒，众人在台下齐呼"万岁"，声震寰宇。霎时间只听到鸟鸣啾啾，有群鸟自山间倾巢而出，盘旋在泰山之巅，仿佛将人间之事报与天知。之后，天空竟出现了大片祥云，似大鹏展翅，又似凤舞九天。

看到此景，众人纷纷欢欣鼓舞，认为此行定是得到了上天的庇佑。下山后，刘秀带领大家在岱麓梁父山举行禅地大礼。如此，顺利完成了封禅大典。

回到都城洛阳后，光武帝大赦天下，改元建武中元。后来，人们为了纪念汉光武帝登封泰山，便在光武帝留马处修建了一座跨盘道的双柱单门式石坊，石坊额刻"回马岭"。

6. 隋文帝建四门塔

泰山之阴朗公说法的故事可谓家喻户晓。建于东晋初年的朗公寺突然在隋文帝时期改名"神通寺"，这究竟是怎么回事呢？

581年，四十岁的杨坚登基，成为隋朝开国皇帝，史称隋文帝。在寺院里长大的隋文帝，自幼接受佛教的熏陶，他深知佛教有劝善教化的作用，因此在做了皇帝之后，予以大力弘扬。于是，各地纷纷增修寺院，引来数以万计的百姓落发修行。

经过隋文帝一段时间的精心治理，举国呈现出政通人和、欣欣向荣的景象。隋文帝觉得自己可以松一口气，考虑考虑那个困扰他很久的问题了。原来，隋文帝的母亲在临终之际，曾托付儿子去寻找自己的族中家人，并予以照顾。母亲去世后，隋文帝曾多次派人前往各地查访，无奈每次都是无功而返。隋文帝是历史上有名的孝顺皇帝，母亲的遗嘱一天未能完成，他就一天寝食难安。

最终，或许隋文帝的一片孝心感动了佛祖，佛祖居然托梦于他，说在泰山之阴的齐州还有他母亲的家人。隋文帝大喜过望，依梦寻亲，竟然真的在当地朗公寺找到了母亲的堂弟和侄子。笃信佛教的他，深信此缘来自佛的指引。因而，开皇三年（583），隋文帝下令将朗公寺改名为"神通寺"，以应神灵梦感之缘。自此，与皇帝结缘的神通寺名震天下。

为了保证母亲老家的神通寺有足够的经费，开皇十四年（594），隋文帝又下了一道圣旨，点名让自己的孙子河南王杨昭做了神通寺的金主。有了这位皇孙的支持，神通寺再也没为钱发过愁。仁寿二年（602），隋文帝下令全国各地建造佛塔并分送舍利，神通寺由此得到了由高僧护送的御赐舍利。为保存舍利，神通寺开始兴建四门塔。大业七年（611），四门塔终于建成，由塔基、塔身、塔檐和宝顶组成，全部用当地出产的大青石砌成。塔身单层，东、南、西、北四面各开辟一个半圆形的拱门，上用石块垒砌挑出五层作为塔四角攒尖的锥状屋顶，上置石刻塔刹。四门塔最终建成了，然而此时隋文帝已离世七年。

7. 武则天与岱庙"鸳鸯碑"

泰山山脚的岱庙，又称"东岳庙"，是历代帝王祭拜泰山神的地方，也是泰山上规模最大、保存最完整的古建筑群。岱庙现存碑碣石刻中，造型最为奇特的当属刻于唐朝的鸳鸯碑。说起这通鸳鸯碑的来历，与一代女皇武则天有着很深的渊源呢。

武则天为唐朝开国功臣武𩾌之女，十四岁入宫。唐贞观二十三年（649），李世民去世，武则天按照惯例进入长安感业寺削发为尼。永徽二年（651），武则天再次入宫。永徽六年（655），武则天被封为皇后。之后，趁着唐高宗李治体弱多病，武则天开始干涉朝政。武则天对朝政的干涉引起了唐高宗的不满，而武则天也感受到了唐高宗对她态度的变化。她急于摆脱这种状况，想了很久才想起一个能帮助她的人来。事不宜迟，武则天召见了朝散大夫郭行真，和他商量解决的办法。这个郭行真可不简单，他之前是长安西华观的道士，懂一些巫术。郭行真听了武则天的话之后，说："皇后您还记得王皇后是因为什么被皇上打入冷宫的吗？"武则天说："是因为对我行厌胜之术而触怒了皇帝，所以被打入冷宫的。"说完之后，武则天瞬间明白了郭行真的用意。她心照不宣地吩咐郭行真下去准备。

十天之后，郭行真一切准备妥当，在武则天皇后宫开始行厌胜之术。这一切被内侍王伏胜看在眼里，王伏胜偷偷去向唐高宗汇报了。唐高宗听了王伏胜的汇报后勃然大怒，立即秘密召见宰相上官仪进宫议事。上官仪进宫之后，表示支持唐高宗废除武则天皇后的位子，并在唐高宗的命令下，撰写废后诏书。结果，由于武则天之前在高宗身边安插了自己的人，那人在收到唐高宗打算废后的消息后急速赶来报信，所以废后一事就作罢了，上官仪也以废后主谋者的身份被下狱处死。

废后事件有惊无险，但是让武则天提高了警惕，一时也不敢再轻举妄动。几年之后，武则天再次召见郭行真，并把自己想要和唐高宗共同统治天下的想法告诉了郭行真。郭行真想了一下说："传说东岳泰山有神异，古代的帝王有什么想法都去那里祈祷。皇后不妨也到那里去祈求泰山神帮忙实现您的愿望。"武则天听从郭行真的建议，命令他前往泰山祈福。郭行真临走前，她嘱咐说："你到泰山祈福之后，别忘了立一通碑，碑的形制要特别，要展示出我的想法来。以后我还要经常派人去泰山祈福，这通碑就当作我前往泰山活动的记录吧。这样，我每去一次都要在上面记下来。"

显庆六年（661），郭行真带领着他的三个弟子前往泰山造像，并行斋醮科仪。之后，郭行真在泰山立了一通碑，按照武则天的要求，这次斋醮祈福就被记作碑上第一条题刻。

鸳鸯碑（王德全摄）

郭行真为武则天立的碑，形状非常特殊。它的碑身由两块完全相同的长条形石块合并而成，上方有一个歇山状石盖为碑首，下方为碑座，碑身镶嵌于同一碑首与碑座之间，故名"双束碑"。又因其双石并立，形似鸳鸯并栖，也叫"鸳鸯碑"。这通碑集中反映了武则天想和唐高宗同掌天下的政治要求。

武则天当上皇帝之后，在她执政的十五年间，共在双束碑上留下九条遣使记录的题刻。鸳鸯碑也真正完成了当时武则天的设想，成为一块记事碑。碑上的碑文详细记载了唐高宗、唐中宗、唐睿宗、唐玄宗、唐代宗、唐德宗及周武则天派遣使者前往泰山祈福的过程。

8. 唐玄宗写《纪泰山铭》

唐开元十三年（725）冬，泰山在薄阴的天气里显得有些肃杀。忽然，西侧的山麓出现了一支庞大的队伍，各种颜色的马匹组成整齐的方队，仿佛一块彩色的地毯铺陈在大地上，一直绵延出几十公里。这支庞大的队伍中有一架巨大的黄锦盖伞，伞下端坐着的，正是唐玄宗李隆基。

开元十三年（725），一日宰相张说和众大臣在议事殿商量玄宗封禅泰山时国家的边境安全问题。张说首先阐述了自己的观点，他说在东封泰山前，可以把国内最精锐的军队调往北方边境，以防突厥利用京城空虚突然进犯。这一说法遭到了兵部郎中裴光庭的反对，裴郎中说："我大唐皇帝之所以要到泰山行封禅之礼，正是因为国家太平，百姓富足安康，如果在这种时候调动大军去防患于未然，岂不是与封禅的初衷相违背吗？如果担心突厥偷袭，不如效仿当年高皇帝封禅泰山的做法，把各国使臣召来同往。一来可以让这些小国借此见识一下大唐的威仪。二来嘛，如果突厥也派遣重臣参与封禅，他又怎么会再进犯边境呢？"裴光庭的意见得到了大家的认可。于是玄宗派大臣袁振出使突厥传达旨意。随后，突厥派遣大臣随袁振入朝进贡，并随玄宗前往泰山封禅。

据说，玄宗的队伍行进到泰山山脚刚刚安顿好，忽然刮来一阵强劲的北风，接着飘起了雪花，而且雪有日渐增大的趋势。人和马在寒冷的风雪中被冻得瑟瑟发抖。这时候，玄宗想起在出发前发布的封禅诏中，曾经做出此次封禅不过度劳役百姓、务必厉行节约的允诺，而这一路走来，却到处铺张浪费，想来是泰山神要惩罚自己了。于是玄宗斋戒沐浴后，面向泰山恭敬地行礼，向泰山神祈祷道："我到泰山封禅是为百姓祈福，如果我有什么过错，请神灵降罪于我一人，不要连累到其他人。这些随从和马匹实在经不住这寒风暴雪的袭击，请上天快快停止这刺骨的寒风吧。"也许是玄宗的虔诚祈祷感动了神灵，不一会儿，狂风和暴雪都渐渐停了下来，山脚又恢复了宁静。

第二天，玄宗骑着益州进献的白骡从南麓登上了泰山，并举行了盛大的封禅仪式。

为了纪念封禅的顺利完成，开元

唐摩崖（王德全摄）

十四年（726），唐玄宗亲自撰写了《纪泰山铭》一文，在文中玄宗首先介绍了他封禅泰山的起因和规模，接着回忆了自己封禅的整个过程，明确提出"至诚动天，福我万姓"的封禅目的，并向天下宣告了自己的施政理念。

之后，唐玄宗下令把《纪泰山铭》刻在泰山之巅，这就是今天在岱顶大观峰上看到的唐摩崖。如今，壮观的摩崖不仅为研究中国古代帝王封禅泰山的历史提供了极为珍贵的实物资料，也向后世展示了唐代书法艺术的魅力。

9. 宋真宗奉祀"天书"

说起宋真宗赵恒，就不得不说一说他假借降天书来泰山封禅的故事。

北宋景德元年（1004），辽萧太后与辽圣宗亲率大军南下，深入宋境，直至黄河北岸。宋真宗在宰相寇准等主战派的多次劝说下，渡过黄河，北进至澶州督战。前线的士兵一看宋真宗亲自来督战，士气大振，一鼓作气，在澶州城下射杀了辽国大将，极大地挫伤了辽国军队的士气。辽国派遣使者游说宋真宗，宋辽签订了"澶渊之盟"，不仅燕云十六州失地未能收回，还要输金纳绢以求辽国不再南侵。宋真宗回到京城后，宰相王钦若为了排挤寇准，开始进谗言，结果成功离间了宋真宗与寇准的关系，并使宋真宗认可了"澶渊之盟，《春秋》耻之"的观点。如何洗涤耻辱呢？王钦若建议通过封禅泰山来镇服四海，夸示天下。按照封禅的要求，要想封禅，必须天降祥瑞，但是当时并不具备这样的条件。于是王钦若建议说："现在要想天降祥瑞是不可能了，但是以前的封禅，有时也依靠人力制造祥瑞，只要皇上您深信不疑，并大胆地向天下展示人造的祥瑞，就同真的一样了。"于是，一场降天书的闹剧就此拉开了大幕。

大中祥符元年（1008）正月初三，真宗正在和大臣议事，忽然皇城司官员来报，说在宫城左承天门南角发现一条黄帛，长约两丈，上面隐约有字迹。赵恒闻报，面露喜色，转头对群臣说道："我于年前做了一个梦，一位高髻黄衣的仙人告诉我，今年正月里上天将赐给我三篇天书，保佑我大宋国富民强、万世安康，说完就消失不见了。今天忽然有黄帛出现，想必就是天书下降，众爱卿快随我去迎接天书。"于是赵恒率群臣至承天门，焚香跪拜，取回"天书"，只见天书上写着：赵家受命于天，建立大宋，现在天下交付到赵恒手中。赵恒统治天下，居天下之正，可以延续七百年，这是已定的天数。然后赵恒祭告祖宗，将年号改为大中祥符。

到了四月初一，"天书"再次降临皇宫。与此同时，各地祥瑞接连出现，一时间百姓欢欣鼓舞。宰相王旦等人趁机率群臣及社会名流等人五次上书，恳请真宗响应上天的吉兆，尽快前往泰山举行封禅大典。

现在老天两降天书，加上封禅民意沸腾，再不封禅连真宗自己都不好意思了。四月初四，宋真宗下诏书，命令于当年十月封禅泰山，并特别表明，自己封禅目的与秦汉追求升仙长寿不同，他封禅是要报答上天赐予的天书。

初夏，一队人马从京城来到奉符，队伍中有一乘官轿，轿中坐着的正是为真宗安排封禅事宜的先遣官王钦若。王钦若刚到城里，尚未安顿好队伍，就有人来报告说泰城西边忽然有"醴泉"涌出。王钦若立刻赶往醴泉喷涌处查看，并向真宗报告这个喜讯，真宗随即下诏在泉上建亭，命名为"灵液亭"。

要说这位王大人可真是一位"福官"，醴泉刚现，紧接着又有一个叫董祚的木工慌慌张张地跑来报告："我今日上山，在灵泉喷涌之处，忽然看见一幅黄绢自天而降，飘飘忽忽地落到我面前，我想这定是天神启示，不敢自作主张，于是拿来奉献给大人，请大人查看。"说完捧上一幅黄绢。王钦若展开一看，竟然又是一篇"天书"。王钦若派人快马将天书降于泰山之事报告给真宗，真宗于七月下诏在灵液亭北降天书的地方建立天贶殿。天贶，就是上天赐予的意思，后围绕天贶殿，建立了天书观。

十月四日，宋真宗率领百官，携带天书，浩浩荡荡前往泰山举行封禅大典。十一月二十日，返抵京城，封禅大典圆满结束。宋真宗封禅泰山前后准备了六个月，整个过程持续四十七天，这是中国古代历史上最后一次真正意义上的皇帝封禅活动。

如今，天书观昔日的辉煌早已消散在历史的烟尘中。天书观遗址上已经建立起一座公园，园内有一石，上书"天书观遗址"，告诉人们这里曾是宋真宗纪念泰山降天书的地方。

10. 朱元璋去泰山封号

1368 年，明太祖朱元璋在应天府称帝，国号大明。举行完登基大典之后，朱元璋在奉先殿专门召见刘伯温，说要商讨一件大事。

刘伯温来到奉先殿，施礼道："臣刘基叩见皇上。"朱元璋看到刘伯温，笑道："刘爱卿，近日连续操劳，辛苦你了。"接着转头对当值太监说："来，赐座。"刘伯温推辞不过，恭恭敬敬地坐了下来。

坐下后，刘伯温说道："不知皇上召臣前来所为何事？"朱元璋道："爱卿啊，朕今日找你来，是要商量事情啊。如今，鞑虏驱除，宇内澄清，这江山又回到了我汉人手中，朕上承天恩以布衣之身坐了这天子之位，我想要报答天恩，好好地以礼教治理天下，可是，朕不知如何去做这件事，所以叫你来商议一下。"刘伯温听后道："回皇上，这个臣倒是略知一二，依照旧制，教化子民，天子每年都是要祭祀各类神灵的。"朱元璋听后问道："那具体要做什么呢？"刘伯温回道："前朝旧制，一般就是加封各种封号，大肆宣扬一番。只是有个问题，怕是不好解决。"

朱元璋奇怪道："朕贵为天子，有什么不好解决的？"刘伯温道："回皇上，这四渎五岳，据臣所知，从唐朝开始就有各种加封，崇名美号不胜枚举，历代下来到了皇上这里怕是已经封无再封，加无可加了。如东岳大帝，自唐至前元，他的封号已经变成了天齐仁圣大生帝，与天相齐了。"朱元璋道："这的确比较麻烦，不知爱卿有何良策？"刘伯温沉吟片刻回道："先请皇上恕罪。"朱元璋道："你这谨慎小心的性格，什么时候能改改？但说无妨，恕你无罪。"刘伯温接着说道："谢皇上。臣以为，岳镇海渎，都是高山广水，自天地开辟，鸿蒙至今，有了灵气，才成为神，跟皇上一样，都是受命于天，而且幽深莫测，不是国家和君王可封加的。"

朱元璋接着道："言之有理，接着说，朕就知道没看错人，你果然是有办法的。"刘伯温道："皇上不妨反其道而行之，别人加封，皇上您去封。""如何去封？"朱元璋疑惑地看着刘伯温道。"皇上就说，您不敢加封，神灵不是我们人所能揣测的，臣刚才说了，神灵职司受命于皇天后土，皇上乃天子，如何敢加？这是对上天大不敬的行为啊。"

朱元璋听完，面上不悲不喜，思索良久后，说道："爱卿所言极是。朕乃天子，自然是不能做这渎礼不经之事，就依你所奏，前朝俱是加封，我大明就去封吧。爱卿真乃朕之左膀右臂，又替我解决了个大麻烦。"刘伯温施礼告退。

洪武三年（1370），朱元璋果然下了诏书，诏令去掉泰山神所有封号，只称东岳泰山之神。诏书还刻成碑文，立在岱庙，碑上的文字至今仍清晰可辨。

11. 泰山大地震与东宫之变

明成化二十一年（1485）三月初一的深夜，泰山山脚的泰安城里，沉寂一片。一条石板街的深处，两个更夫挑着灯笼，一边敲响四更的梆点，一边巡视而来。突然，一阵如打雷般的隆隆巨响从泰山方向传了过来。两个更夫都吓了一跳，其中一人说："二哥，这满天的星星，咋还打起雷了？"另一人回答道："怪了，我活了四十多年，还是第一次听到……"没等他把话说完，大地突然猛烈地颤抖起来，石板路两侧的房屋发出嘎吱嘎吱的声音，让人听得头皮发麻。更夫二人站立不稳，跌倒在地。此时，他们俩终于清醒过来。一个人慌忙抓起铜锣，没命似的敲了起来。另一个人扯着嗓子不停地喊叫："地震了，快跑啊！"

同年四月，成化皇帝的书案上，摆着一份礼部刚上的奏折，内容是：泰山是五岳中最尊贵的，但是在近一两个月的时间里，连续发生四次地震，这种天灾是非常怪异的。礼部请求朝廷拨发专款，委托巡抚山东都御史到泰山祭祀，祈祷上天保佑，百姓安心。看着已经读过数遍的奏折，成化皇帝心中的压力越来越大，脸色也越来越难看。因为他知道，泰山历来就被视为国之圣山，代表着国家的江山社稷，"泰山安则四海皆安"的观念早已成为天下共识。古人迷信天人感应，若泰山发生灾异，就认为一定是上天对帝王、对王朝发出的警告。当时，成化皇帝正与万贵妃一步步实施着换掉太子朱祐樘的计划，是不是这件事惹怒了上苍？想到这里，成化皇帝立即传令给内侍太监，火速找来术士，一问究竟。术士经过一番推算，得出了成化皇帝最不愿意听到的答案：泰山地震预示着东宫太子有变。

成化皇帝意识到自己更换太子有违天命，身为天子，不可逆天行事。于是他下令不准再提废立太子一事，同时派遣官员到泰山祭祀，祈告上天，以安人心。

一场泰山地震，竟然让朱祐樘眼看着就要保不住的太子之位，变得更加稳固了。对于朱祐樘来说，这场泰山地震，来得真是时候。

12. 三阳观与万历"国本之争"

　　泰山五贤祠北凌汉峰下有一处道观，原名"三阳庵"，为明嘉靖时期东平道士王三阳和其徒弟共同修建。经多年修葺，到万历二十三年（1595）时，三阳庵已经建起门阁、三官殿、真武殿、混元阁、天仙圣母殿等建筑，三阳庵也变成有殿有阁、雄伟壮丽的"三阳观"了。三阳观所在位置比较偏僻幽静，北面凌汉峰林木葱茂，风光秀丽。谁也没想到，这样一处地方，居然牵扯出明朝末期的一段公案。

　　明神宗万历年间，发生了著名的"国本之争"。自古就有"太子者，国之根本"的说法，这里"国本之争"争的就是太子之位。明朝末年的立储问题怎么就与泰山三阳观扯上关系了呢？这事还得从明神宗万历皇帝朱翊钧说起。万历皇帝的长子朱常洛是王姓宫女所生，母凭子贵，后被封为王恭妃。但万历对其并不钟情，起初宫女有孕时他还矢口否认，只是迫于李太后的压力才不得不认，因此他对长子朱常洛也并无多少感情。按照礼法，皇位的继承人，首先应是嫡子，即皇后所生的儿子，如果皇后无子，则无嫡立长，因此朱常洛便被李太后和大臣们当成了法定的皇位继承人。但是万历十四年（1586），皇三子朱常洵出生，使这个情况发生了变数。

　　朱常洵的母亲是万历最宠爱的郑贵妃，生下朱常洵后，郑贵妃被晋封为皇贵妃。朝臣们纷纷猜测，万历皇帝晋封郑贵妃为皇贵妃是准备立皇三子为太子的试探，对大臣们来说，这可是万万不能的。最先为此事上疏的是户科给事中姜应麟。他在奏折中说：郑贵妃之位已经在王恭妃之上了，这样于礼不合，也会让人心不安，生出邪念。因此希望皇帝尽快确立皇长子朱常洛为太子，这样才能天下安定，社稷长久。此疏一上，在朝野中引起了很大的震动，长达十余年的"国本之争"也由此拉开了战幕。

因为此事，万历皇帝恨透了姜应麟。上疏之后，姜应麟便被贬到大同做了典史。甚至多年之后，吏部推举建言诸臣时，每提到姜应麟，便会受到重责。

另一方面，身为朱常洵的生母，郑贵妃当然希望立自己生的皇三子为太子。当时宫里朝拜泰山女神碧霞元君之风渐盛。传说碧霞元君有求必应，能满足人们的各种需求。因而，郑贵妃把立朱常洵为太子的愿望寄托在了泰山女神身上。于是，郑贵妃想方设法联系上了泰山三阳观的道长，多次派太监前往泰山三阳观行醮祈福。

郑贵妃求泰山女神一事，三阳观内现存的三块皇醮碑可以证明。三碑均刻于明万历年间，碑文记述了乾清宫近侍太监奉郑贵妃明旨，到泰山女神殿下礼神修醮之事。第一块碑的内容是祈皇子平安，而到第二、第三块碑中，"皇子"就变成了"太子"。第二、第三块碑分别刻于万历二十二年（1594）和万历二十四年（1596），正是"国本之争"最为激烈的时候，而册立皇长子朱常洛为太子的时间为万历二十九年（1601），皇醮碑中所说的"太子"肯定不是朱常洛了。

三阳观（张振宗摄）

大约郑贵妃也知道祖宗留传下来的"无嫡立长"的规矩很难逾越，因此她到泰山求神也不敢大张旗鼓，只能小心翼翼的。所以现存三阳观的三块皇醮碑宽不过半尺，高不过四尺，碑身简陋。尽管毫无皇家气派可言，但它们仍然伫立在三阳观里，见证着明末那场围绕太子所发生的旷日持久的争斗。

13. 康熙岱顶题"云峰"

康熙二十三年（1684），皇帝东巡抵达泰安城。自宋真宗赵恒封禅泰山之后，沉寂了六百余年的泰山，终于迎来一位新帝王的登临。

康熙到达泰安后，稍微休息了一下，就马不停蹄地踏上了登山的路途。经过红门后，大约又走了一里路，康熙下马步行。行走在蜿蜒的石阶盘道上，康熙品评着沿途的题字刻石，兴致颇高。经过半天的攀登，他们终于到达山顶。康熙首先到了碧霞祠，接着进入泰山顶上的东岳庙，然后他登上泰山最高峰玉皇顶，周览泰山风光。从玉皇顶下来后，康熙来到孔子"小天下"处，在这里，他环顾四方，停留了很久。黄昏时刻，迎着夕阳的余晖，康熙走向位于山顶西部的行宫。突然，他手指前方，问道："那是什么？"一众随从顺着康熙手指的方向看去，只见一轮红彤彤的落日正在缓缓西坠，下面是被轻纱般的暮霭笼罩着的层层山峦，在群山的尽头，一条曲折的金线，正在灼灼闪耀。泰安知州陈魁宇赶忙躬身回答道："启禀皇上，您看到的是泰山上有名的天象奇观黄河金带。那条金光闪耀的金线，就是黄河。在泰山上看见黄河，日落时分，玉宇澄清，新霁无尘，比观泰山日出还难得。臣以前也是仅有耳闻，今托皇上洪福，幸得一观。"随后，陈魁宇跪拜谢恩，其他臣子也随之跪拜，口诵吉祥。康熙微微一笑，令群臣起身，转身走进行宫。

第二天早晨，洗漱完毕后，有臣子前来说："泰山上有个叫舍身崖的地方，很出名，请皇上去看看。"康熙说："愚民无知，才被荒诞的说法迷惑，用跳崖自杀的方式尽孝。他们哪里知道身体发肤受之父母的道理。何况自己跳崖了，谁来供养父母？实为不孝。这种传说到处都有，我正想着严加禁止。让我到那里去做什么？不去！"看来康熙对泰山的掌故烂熟于心，舍身崖根本就没有排进泰山行程之内。

这时候，康熙拿出昨晚写好的几幅字，吩咐身边的近臣道："这'坤元叶德'四字，是给碧霞祠的题字，勿忘交付。"接着，康熙指着"普照乾坤"四个题字说道："我观看了至圣孔子的遗迹，缅怀圣人，感觉孔子就在眼前一样，不禁大有感悟。务令当地官员在孔子'小天下'处建亭，将这四字刻于亭子的匾额。"最后，康熙指了指"云峰"二字，说："这两个字可以在唐明皇李隆基题字的附近，选择一处醒目的地方，摩崖刻石。"

康熙思忖一会儿，对一直跟随在身边的大学士明珠说："今年泰山的香税不用上缴了。用这笔钱，招聚工匠，筹集材料，把泰山顶上各个神庙好好修葺一番。"康熙把泰山刻字的事情安排完毕后，便由臣子们陪着步行下山了。

堂堂一个皇帝，事无巨细，连题刻的留存处都一一指点落实。我们在称赞康熙心细如发的同时，也感叹康熙的良苦用心。他为泰山女神题写的"坤元叶德"，是表明女神德和大地、生育万物的神职；在孔子"小天下"处建亭悬额"普照乾坤"，是对孔子之赞颂，对泰山之赞美，更是对自己的隐喻；而"云峰"二字，则包含着自古以来，只要有圣明的帝王来泰山祈福，天下就会风调雨顺、五谷丰登的意思。

初登泰山，康熙皇帝感受到了泰山在江山社稷中的重要地位。之后，康熙帝又在南巡期间，专门到泰山行礼。

14. 乾隆皇帝射虎

清乾隆十三年（1748）二月的一天，泰安城门外站着两队穿戴整齐的官员，他们翘首向前方张望，像是在等待着某个大人物的到来。不一会儿，大队人马奔驰而来，列队等候的官员看到后立即跪下迎接。原来他们一直在等待的是东巡经过泰山前来行礼的乾隆皇帝一行。接下来，乾隆皇帝便登山祭祀，一连住了三天。

乾隆皇帝下山走到红门处的时候，突然听到阵阵虎啸声传来，一众文臣大惊失色，乾隆却面露兴奋之色，下旨道："这泰山之地，怎么会有老虎？朕已经许久没有狩猎过老虎了，今天刚好过下瘾。御前侍卫听令，速速前去查明情况。"很快，侍卫回来复命："启禀皇上，在东眼光殿小山头前面，出现了一只猛虎。皇上，是否行围？"乾隆一声令下："行围，猎虎！"得到命令，乾隆的侍卫迅速将东眼光殿所在的山头包围起来，并大声呼喊着驱赶老虎。随着包围圈越来越小，老虎也是大发雄威，气势汹汹地朝着乾隆皇帝这边飞扑而来，刹那间，狂风顿起，树叶摇落，地面震颤。乾隆皇帝却丝毫不慌。但见他不慌不忙地弯弓搭箭，嗖的一声，正中老虎咽喉，猛虎当场毙命。侍卫顿时高呼："猎杀猛虎，吾皇威武！"声震高山，响彻云端。

虎山（陈坤摄）

乾隆皇帝射杀老虎后，心情大好，立即摆席宴请群臣。之后，按照礼仪，分别于山顶、山脚祭祀泰山。

为纪念乾隆射虎，后人就在此处立碑，刻上"乾隆射虎处"。这个泰山南麓的小山头也由于乾隆在此射杀猛虎而被后人命名为"虎山"。

（二）圣哲登临

1. 孔子登岱望吴门

孔子一生中多次攀登泰山。当年孔子带着自己的学生，一路跋山涉水，终于登上泰山，发出了"登泰山而小天下"的感慨。泰山是齐鲁大地上的第一高峰，站在泰山之巅，周边景色一览无余。孔子及其学生面向南方，极目远眺。此刻，天气晴朗，惠风和畅，广袤无垠的大地犹如一幅巨大的画卷，在一众师生面前徐徐展开。他们的目光，越过山川河流，越过田野阡陌，一直看向很远很远的地方。

最受孔子称赞的学生颜回，在孔子身旁侍立良久，见老师只是静静地看着远方，也不说话，更不知老师此时在想什么。颜回学着老师的样子，竭力向南望去。突然，一个念头在他的心里涌起，老师向南眺望的，不正是吴国的方向吗？原来，当时的吴王阖闾重用伍子胥，君臣励精图治，很快吴国就在南方诸侯国中迅速崛起。因此，最近一段时间，吴国一直是老师关注的重点。

孔子看见了拴在吴国阊门外的白马，于是问颜回："你看到吴国的城门了吗？"颜回回答："看到了。"孔子又问："门外有什么？"颜回回答："门前好像挂着一匹白绢。"孔子却摇头道："那不是白绢，是一匹白马。"颜回争辩道："老师，我明明看到白绢在随风飘扬。"孔子一笑，说："那是白马的尾巴在摇晃。"听完孔子的话，弟子们齐声笑了。

师徒二人争论的是千里之外的事情，其他学生又看不到，一时难以评判。最后，孔子的学生们记录下当日的时间，专门派人前往苏州求证。求证的人回来说，那天在苏州阊门前拴着一匹白色的马。这次，颜回是彻底折服于孔子了。

后人为了纪念这件事，就用"吴门白马"一词形容极目远望。还有人说，因为颜回在泰山上看苏州阊门，"马"和"绢"分不清楚，所以以后两者的量词也就不区分了，都用"匹"。后人还在泰山顶上建了"望吴圣迹"石坊，石坊以北被称作"望吴峰"。《圣迹图》中更是以孔颜对话为题绘制了一幅《望吴门马》图。

"望吴圣迹"坊（王德全摄）

2. 鲁两先生建泰山书院

北宋时期，泰山发生了一件足以影响中国思想史与教育史进程的事，这便是泰山书院的创建。

书院的创建者，是兖州奉符县商王村人石介。在当时，他非常有名。石介在天圣八年（1030）中进士甲科，自此步入仕途，当时他仅二十五岁。不过，石介特意为泰山书院请来的老师孙复，却让很多人大跌眼镜。他竟然是一个布衣，没有太大的名气。

原来，石介担任南京留守推官的时候认识了孙复，两人一见如故，很快就结为密友。石介非常仰慕孙复的学识，更为孙复时运不济、四次科考不中而惋惜。景祐二年（1035），石介为孙复在泰山修建了房屋，邀请孙复来泰山讲学授徒。景祐五年（1038）正月，孙复在岱庙东南隅建信道堂，并在此讲学。后来因为东岳庙拓建，孙复将信道堂迁移到泰山西南麓凌汉峰下，改名"泰山书院"。当时的名士争相前来求学。为了表示对孙复的敬重，石介对孙复言必称先生，处处以师礼相待。一个堂堂的进士，却拜一个布衣为师，很多人对此感到不解。石介却毫不在意，说自己尊敬的是孙复的学问和品德。

石介尊师的故事一下传开了，引起了很多人的好奇心。孔子第四十五代嫡孙、时任兖州知州的孔道辅听闻后，感到非常意外。于是，他前往泰山书院，一探究竟。孔道辅见到孙复时，石介正拿着拐杖和鞋子，在孙复身边恭恭敬敬地服侍着。孙复坐着的时候，石介就立在孙复身边。孙复起来施礼时，石介就搀扶着孙复。等孔道辅前去告辞，再见到师徒二人时，还是和先前一样的场景。泰山书院旧址上，有一块"侍立石"，就是缘此而立的。

作为泰山书院的创始人，石介、孙复身体力行，让尊师重道在书院蔚然成风，而泰山书院也成为山东治学尊师之风的发源地。明代教育家李汝桂在泰山创建育英书院，继宋初泰山书院而讲学，清代文华殿大学士赵国麟兴复泰山书院，后世相继落址泰山的徐公书院、岱麓书院、青岩书院等，无不延续泰山书院的优良传统。

（三）僧道弘法

1. 朗公石的来历

符坚皇始元年（351），西晋高僧佛图澄弟子竺僧朗云游至泰山之阴，创建朗公寺。朗公除每天在寺内弘扬佛法外，还时常在户外讲经。

这一天，朗公前往方山聚众讲经。他的好朋友张忠，早早地把这个消息告诉了父老乡亲。天光微亮，周围十里八乡的百姓，陆续向方山山脚聚集。等张忠陪着朗公来到时，场地早已挤满了人。

朗公登上场地中心的一块平顶巨石，那是他的讲坛。朗公的目光在全场一一扫过，原本嘈杂的人群瞬间安静了下来。千百双热切的目光注视着朗公法师，大家凝神静气地等待法会开始。

朗公一开口，竟然引来山中无数回应之声。在众人惊愕之余，那每一句话每一个字，又都清清楚楚地传入耳中。众人听得入神，慢慢有所感悟，不由得频频点头称是。随着朗公讲经讲到精彩绝妙之处，众人渐渐进入一个奇妙的境界。正在大家陶醉其中的时候，一阵阵低沉闷重的声音从周围的山上传来，大家寻声望去，看到了不可思议的一幕：只见山坡上的石头，竟然上下晃动了起来，就像人在点头一样。人们纷纷把问询的目光投向朗公，朗公说道："这座山上的石头有灵性啊！它也能听懂佛法的奥妙。"自此，方山改名为"灵岩山"，后来灵岩山下修建的寺院，也就被叫作"灵岩寺"了。至今灵岩寺上还有老僧模样的奇石，据传，此石为朗公化身，名曰"僧公石"。

2. 僧安道一经石峪刻经

北齐年间，佛教兴盛，仅其疆域之内就建有寺庙数万所。起初，佛经主要依靠口口相传的方式进行传播。为了更好地护法传法，使佛法永远传承下去，一众僧人也在思考更加有效的传播方式。

天统年间一个春风和煦的夜晚，大禅师僧安道一照例结束了一天的修行，准备入睡。只是今天他睡得并不安稳，白天师兄弟之间的争论仿佛还在耳边。

成慧道："要想让佛的声音更多地传递到普通民众耳朵里，当然是用传唱的方式最好，容易学容易记，佛法不就传开了？"

法玄道："口口相传固然不错，但记不完全就容易出现错漏，不利于弘扬佛法。不如书于绢帛之上，不但便于携带，而且可以随时随地弘法。"

"写到绢帛上就不会出现错漏吗？一旦水浸火烧，岂不是消失得更快？"

僧安道一觉得几位师兄弟说得都有道理，但哪一种才是最好的呢？带着这个问题，僧安道一渐渐睡熟。

不知过了多久，僧安道一忽然醒来，他发觉自己陷入一片黑暗的迷雾之中，一边摸索着前行，一边呼唤着师兄弟们的名字。不知走了多久，前面出现一道光亮，僧安道一急忙奔过去，却见早已圆寂的师父端坐在蒲团之上。僧安道一扑到师父脚下，泣不成声。师父如往常一样慈爱地抚摸着他的头顶，缓缓说道："我知道你为弘扬佛法殚精竭虑，要相信，凡事自有安排，回去吧。"僧安道一抬起头来，师父已消失不见，令他惊奇的是，身后的石壁上隐隐有字迹显现。僧安道一仿佛当头挨了一棒，当场怔住。

僧安道一揉揉眼睛坐起身来，只见眼前一片光明，早起的鸟儿正在树间清脆地鸣叫着。原来刚才只是做了一个梦。想到梦中石壁上若隐若现的字迹，僧安道一猛然醒悟，想到了一个使佛法更好地传承下去的方法，于是他匆匆下床，向大殿走去。

师兄弟们正在大殿里继续着昨天的讨论，僧安道一说道："诸位师兄弟，我昨天晚上做了一个梦，梦见师父身后的石壁上隐约显现出字来。受这个梦启发，我想到了把经文刻在石头上传承佛法的办法。"大家一致认为，在石头上刻经更能引起广泛的关注，并且容易保存，不易损毁。但是，由谁来撰写经文呢？大家公推自幼习练书法且已颇有造诣的僧安道一主笔。

于是僧安道一开始挑选适合刻经的石头。他自幼生长在泰安一带，对泰安的山水极为熟悉。他想起了小时候经常去玩的一处石坡，石面大且平整，很适合刻经。山脚不远处还有名刹岱岳寺，可以为刻经工程提供后勤保障。

刻经的地点选好了，僧安道一接下来招募石匠一起来到泰山山脚。准备工作做完后，刻经工作正式开始。僧安道一先在石面上打出界格，然后将《金刚经》认认真真逐字书写在界格内，再由石匠凿出字的主体轮廓，最后把笔画里面的石头剔掉。由于石质坚硬，工程进行得很慢，有时一天只能镌刻十几个字。

经石峪刻经（王德全摄）

经文从石坪的右边刻起，石坪左部留出来镌刻题记。题记上书写刻经的目的和书写者等信息。如此日复一日，僧安道一从不嫌枯燥，也没有任何厌烦的情绪，他以石坪作纸，挥动如椽巨笔，凝神屏气，虔诚地书写着。

今天我们看到的经石峪大字并没有完工，第三十行后就突然变成了双钩字，也就是只勾勒出字的主体轮廓，笔画里面的石头没有被剔掉，尤其左半部留作题刻题记的部分仍然是一片空白。很明显，镌刻经文的工作是突然停止的。当时，北周军队已经打到了山东，北齐即将覆灭，刻经工作也只能匆忙收尾。后来，僧安道一又在邹县铁山、葛山等地招石匠刻了《大集经》《维摩诘经》等经书，却再也没有回到泰山继续其未完的工程。经石峪刻经半途而废，也给泰山留下了一个千古的遗憾。

3. 张志纯创修南天门

泰山十八盘的尽处，有一座阁楼式建筑，它坐落在两峰接口处，仿若悬挂在天上的宫阙。两边双峰对峙，红墙点缀，黄色琉璃瓦盖顶，气势雄伟。这个通往天上的门户，是谁创建的呢？要说这个，那还要从七百多年前的一次泰山祭祀说起。

元太宗十年（1238）前后，泰山山脚来了一队人马，为首的人高大威武，头戴战盔，身披盔甲，脚踏马靴，远远地策马而来。队伍到达山脚的东岳庙就停了下来，为首之人从马上下来，径直走进东岳庙，其余的人紧紧地跟在后面。进了岳庙之后，他们直冲天贶殿而去，到了殿里，朝着东岳大帝开始行礼。之后，为首之人长长出了一口气，说道："我严实在刚担任东平行台的时候，就想来祭拜泰山，毕竟泰山在我的辖境之内，今天，我终于完成了这个愿望。"站在他身边的一个人道："行台大人刚刚参加完战斗回来，连家都没顾上回，就马不停蹄地来祭祀泰山，也是非常懂礼的人了，接下来我们去山上巡视一番吧。"于是，严实带领着大家往山上走去。由于常年战乱，山上的庙宇都毁坏了，严实每看到一座被彻底摧毁的庙宇，都会停留很久，像是在思考着什么。

下山之后，严实把他幕府中的幕僚都召集起来，说："我今天去泰山祭祀，看到到处都是毁于战乱的庙宇，我想找人重修这些被毁的庙宇，你们觉得谁来主持这个工程好呢？"其中一个幕僚回答道："维修庙宇，道门之中的人来主持最好。"接着，一位身着道服的幕僚回答道："行台，您还记得东平上清万寿宫修复一事吗？当时，请了泰安肥城埠上堡人张志纯做总负责人，张志纯为全真门下崔道长弟子。接手工程后，他兢兢业业，最后圆满地完成了万寿宫的修复，您还为他向朝廷请了赐号呢。他现在在肥城的布金山修行，他担任泰山庙宇工程的负责人再合适不过了。"这位幕僚不是别人，正是当时泰山一带著名的全真道士范圆曦。严实觉得范圆曦的提议可行。于是，为了表示尊重，他多次前往布金山请张志纯出山。张志纯在严实答应修建过程中的一切花费由东平府承担之后，立刻投入修建泰山被毁庙宇的工程当中。

南天门（王德全摄）

当时由于经费困难，修复工程前后花费了三十多年的时间才最终完成。在修建庙宇的过程中，张志纯经常经过泰山山顶飞龙岩和翔凤岭之间的山口，每当走到那里，他都会想起民间关于泰山天门关是人间通往仙界关口的传说。而且，泰山上有一天门、二天门，恰好缺个三天门。于是，张志纯决定在这个山口上修建一座三天门。这个天门修了两年，天门修好后，张志纯为之起名"南天门"。自此，泰山山顶有了门宇。

如今的南天门，上层为摩空阁，下层为拱形门洞。通体红色，夹峙于飞龙岩和翔凤岭之间，稳重雄伟，有"一夫当关，万夫莫开"之势。

4. 高丽僧满空与普照寺

人们常说"外来的和尚会念经"，这样的事情还真的在泰山发生了。五百多年前的一位外籍僧人，凭一己之力，在泰山上拓建竹林寺，重兴普照寺，不仅为泰山佛教史留下了浓彩重墨的一笔，更为中国古代国际交流平添了一段佳话。

明永乐十九年（1421），一群和尚从鸭绿江对面的朝鲜王国悄然而来。据称他们仰慕大明天子崇奉佛法，所以不顾本国的阻挠，联络弟子，从平安道妙香山，乘桴渡过鸭绿江，来到中国的辽东。辽东官员将他们送到京师，在那里他们受到了永乐皇帝的接待。皇帝先是赐给他们金襕袈裟，后来又派遣官员把众禅师送到南京天界寺修行。宣德三年（1428），众禅师接到圣旨，奉皇命周游天下，他们执礼部颁发度牒，参拜各地佛教寺院。其中满空禅师来到泰山后，遍访古刹。面对泰山那些早已废弃的寺院，他禁不住摇头叹息。思考良久后，满空禅师决定停下他云游的脚步，留在泰山修行。满空禅师先拓建泰山竹林寺，经过数年的努力，殿宇、塑像全部竣工。

看到修缮一新、香火逐渐旺盛起来的竹林寺，满空禅师脸上露出欣慰的笑容，只是未停留多久，他的目光又投向了泰山南麓的普照寺。此时的普照寺衰败已久，房舍失修，门庭冷落，眼看就要荒废。此时此刻，重兴普照寺成为满空禅师的又一个心愿。满空禅师来到普照寺后，广泛结交地方名流，弘扬佛法，向地方官员、乡绅等人募化资金，用于普照寺的修缮建设。和之前相比，重修之后的普照寺发生了很大变化：重塑的佛像金碧辉煌，庄严肃穆；山门、大殿、僧堂排列有序；大殿前满空禅师亲手种植的两棵松树生机勃勃，郁郁苍苍。在满空禅师住持期间，普照寺声名大振，香客云集，前来拜师的弟子和民间信徒有数千人，即便是有名望、有身份的达官贵族，对满空禅师也是崇敬有加，以师礼相待。

普照寺（王德全摄）

转眼间，满空禅师住持普照寺已经二十多年。天顺七年（1463），年届古稀的满空禅师对弟子口传偈语："吾年七十五，万物悉归土。光明照四方，无今亦无古。"言毕，坐化而逝，以三昧之火自焚。侍立一旁的弟子看到有五彩瑞气充满房间，焚化出的舍利子有一百多颗。弟子们感念师恩，为其建塔刻碑，以示永久纪念。

对于满空禅师对普照寺、对泰山佛教做出的巨大贡献，后世众僧不敢忘怀，他们在普照寺内建了一个高僧满空禅师纪念馆，来纪念这位异域高僧。

5. 元玉与荷花荡石堂

古人云：山不在高，有仙则名；水不在深，有龙则灵。位于凌汉峰下的普照寺，虽然面积不大，但因屡有高僧住持，一直被视为华北临济宗的著名丛林。

清康熙九年（1670）春，普照寺迎来了新任住持——元玉禅师。与绝大多数的出家人相比，元玉禅师的俗家身份有些特殊：他有明朝进士的功名在身，是一名精通儒学的读书人。元玉禅师住持普照寺二十余年，其间大兴殿宇，废弃的重建，毁坏的重修，使普照寺成为泰山第一名刹。他在寺东荷花荡凿池引水，建造石堂，作为静习之所。

石堂建好后，元玉禅师邀请一时名士赵瑗、孔贞瑄、范靖赤、张坦、江天屿等来石堂游玩，他们一边欣赏石堂的美景，一边吟诗作赋。经常和他们一起聚会的，还有元玉的两个弟子象乾和岳止。由于八人定期聚会，所以时人称呼他们为"石堂八散人"。

这天，"八散人"又齐聚石堂，大家一边观赏着"石堂十二景"，一边谈论着泰山的趣闻佳话。这时，孔贞瑄对元玉禅师说："元玉大和尚精于儒、佛，不知两者有何异同？"元玉禅师略一思忖道："佛与儒，名称不一样，但是根本道理是一样的。佛教告诉我们，要存善念，行好事，做好人，取用有度，切勿贪心。儒家教导我们忠义有节，孝悌持家。两者都发自人的天性。所以，我认为忠臣孝子之心即佛心。""妙啊！妙啊！"其他人一起击掌喝彩。赵瑗手捋长髯，说道："今日又闻元玉大和尚的高论，真是不虚此行啊！"说完大家一起哈哈大笑起来，这笑声竟然惊得几只小鸟惊慌失措地飞走了。好友张坦坐不住了，他也起身向元玉禅师请教道："元玉大和尚每每有惊人妙语，让人耳目一新。世人皆赞您是'诗僧'，不知大和尚有何近作让我们学习一下？""对，对！快吟来听听！"一直没有说话的范靖赤和江天屿齐声应和道。

元玉禅师说："近日还真的吟得几句小诗，还请各位不吝赐教。"元玉起身，在地上来回踱了几步，开口道："水既有舟，陆自有马。地吾一砖，天吾一瓦。"他的弟子说："师傅，我听这诗更像一条偈语，越品味，越玄妙，竟有心开镜明的感觉。"一时间，众人都久久不语。

后来，元玉禅师把与友人在石堂中唱和的诗歌收集了起来，并在此基础上写成了《石堂集》，为泰山留下了宝贵的文化遗产。

（四）战事烽火

1. 赤眉军驻扎天胜寨

王莽新朝统治末年，琅琊（今山东诸城）人樊崇率领饥民在山东莒县发动起义。为了区别于王莽的军队，起义军把眉毛染成了红色，人称"赤眉军"。他们喊出了"杀人者死，伤人及盗抵罪"的口号，颇得老百姓的信赖，因而，队伍发展壮大得很快。为了暂避官兵的追杀，赤眉军决定依托泰山天险，建立自己的根据地。

一次，樊崇换上便服，打扮成老百姓的样子到泰山山脚查看民情。由于连年的大灾，加上官府的残酷压迫，原来兴旺的乡村现在已经是人烟稀少，青壮年或者加入义军，或者被迫离家流亡，只剩下老弱幼小在家里挨饿。樊崇看到这些景象十分难过，回到寨里，他便把从官府收缴来的粮食分了一部分给泰山的百姓，帮助他们度过这段艰难的时光。由于起义军队伍扩充很快，从官府收缴的粮食有限，因此起义军很快也出现了粮荒。樊崇开始日日为解决吃饭的问题而犯愁。

一天夜里，樊崇左思右想睡不着觉，便索性披上衣服走到屋子外头散心。不经意间，他看到扇子崖方向隐隐约约透出几道金光，樊崇暗想："难道那个透光的地方有宝物？"樊崇记下了透出金光的位置，准备天亮后派人过去查看。

扇子崖位于泰山西侧，形状像一把巨大的扇子，由此得名，又仿佛巨人的手掌一般，因此还有一个名字叫"仙人掌"。扇子崖形势陡峭，崖北有石洞，不知道是什么朝代挖的了，洞顶处有三处小孔，当地百姓又叫它"三透天"，樊崇晚上看到的金光便是从这里透出来的。

第二天一早，樊崇就挑选了一队精壮能干的士兵，跟着他一起前往金光闪现处查看。他们走走停停，直到中午才来到洞前，进去一看，洞里居然堆着满满的粮食。士兵们立刻大声欢呼起来，有的更是直呼"泰山神显灵了"。樊崇也是大喜过望，立刻派人回去调军队来搬粮食。

由于发现了大批粮食，赤眉军的危机得以解除，樊崇就在这里修建了天胜寨，作为起义军的指挥部。如今，寨前赤眉军的扎帐石、校场，供生活用的石碾、石碌、石臼等都还依稀可见。

2. 黄巢寨山狼虎谷退兵

唐代末年，黄巢发动反唐起义，曾转战泰山。泰山西麓，有一座高山，人称"黄巢寨山"。相传黄巢退入泰山时，被叛徒朱温率领的数万唐军紧紧围困在山上。黄巢几次突围，都因寡不敌众而失败。黄巢苦思冥想，终于心生一计，即命部将午夜后，率人马倒穿战靴下山，然后穿正回来，来回十趟不得有误！第二天，朱温领兵来围山寨，只见漫山遍野都是登山的脚印，不由得大吃一惊，心想这定是黄巢的援军到了。朱温正要下令退兵，只听见战鼓如雷，杀声四起，义军冲下山来。唐军以为援兵下山，便四散而逃，自相踩踏，死伤无数。黄巢则冲出重围，转危为安。"黄巢倒穿靴，吓走朱温婆"的故事传遍了泰山一带，至今黄巢寨上还有倒履坡、血胡同等地名。泰山东麓有一条大河，名叫"脱甲河"。当年，朱温遭到惨败便写信约沙陀国酋长李克用，让他出兵占领泰山之东的狼虎谷，切断黄巢退路。黄巢闻报大惊，立即领八千义军向狼虎谷杀去。正行间，只见一条大河拦住了义军去路。

正当义军望着西去的河水一筹莫展时，忽听黄巢传令：全军速速脱甲，昔日苻坚投鞭断流，今日黄巢要筑甲成堤。众将豁然开朗，顿时八千铁甲齐抛下河去，筑成了一条长堤，义军在"甲堤"上飞马而过，终于抢先占领了狼虎谷，赢得大胜。朱温一计不成，又生一计，要与李克用合兵把黄巢困死山中。黄巢本想同朱温决战，但兵将已失盔甲，无法作战，重新造甲，又无钢铁。他连日苦思，后来发现这一带的山石蕴藏着丰富的铁矿。黄巢即刻传令，让军中铁匠熔造铁甲，只一天工夫，八千铁甲就已完工。待朱温与李克用合兵攻山时，八千义军一齐杀下，他们身着新甲，精神百倍，杀得唐军尸横遍野。"造甲峪"之名便由此而来。

有意思的是，人们在这传说中的黄巢造甲峪上发现了许多圆形容基，它们便是当时冶炼场遗址。

后来黄巢单枪匹马，冲出重围，逃入狼虎谷西的九顶山中，为旧臣皮日休所救。从此，黄巢隐身空门，栖居泰山古寺，自号"翠微山僧"，似癫若狂，出没山乡野村，结联义士豪杰。直至今天，泰山东麓的下港乡还保留着黄巢坟的古迹和黄巢寺的村名。据说，这就是黄巢出家为僧的地方。

3. 姜博士凌汉峰抗击金军

北宋靖康二年（1127）二月，金兵攻陷东京开封，徽、钦二帝被俘后，与皇亲贵戚、王公大臣及大量的后宫之人一起被押往金国，北宋灭亡。进攻开封的金军部队并未就此停止侵略，他们继续在中原大地上四处烧杀劫掠，其中一部分流窜到了山东境内。这些凶残的金兵如同恶魔降世，所到之处财物被抢劫一空。然后他们疯狂屠戮，连老人和孩子都不放过。山东各地民众奋起抗击来犯金军。有的组织义军，直接对抗；有的躲进山中，修筑山寨，严防死守，以求自保。

在位于泰山山脚的奉符县中，一群靠山吃山的石匠，在姜皋的带领下，成立了抗击金兵的义军，拉起队伍保护乡亲。按照当时的习俗，人们习惯把精于某种技艺的人称为"博士"，姜皋是这群石匠里手艺最好、威信最高的，所以被大伙儿尊称为"姜博士"。姜博士不仅石头活儿做得好，还练得一身好武艺。他不敢说十八般武艺样样精通，可是在奉符县的十里八乡，还真没遇见过对手。再加上姜博士为人热诚公道，喜欢打抱不平，所以在奉符县石匠行里一呼百应，是大家公认的领头人物。

义军成立之初，只有刘二郎、杨小兴等几十个人，几乎都是石匠。唯一例外的是姜博士的好朋友泰山道士孙道长。孙道长识文断字，足智多谋，担任义军的军师再合适也不过了。义军遭遇的第一场战斗是在奉符县附近的官道两侧。那天他们刚埋伏好不久，就来了金兵的一小队探路人马。瞅准机会，姜博士大喊一声"放箭"。嗖嗖嗖一阵箭雨过后，本来人数就不多的金军已是死伤大半。"杀啊！"姜博士一马当先，举刀就冲了上去，在他的身后，是几十个手拿各种刀枪的石匠，也大声呼喊着紧紧相随。姜博士一刀就劈死了一个金兵，剩下的几个也被其他石匠砍倒在地。瞬间，一场精彩的伏击战就结束了。待到后面金军大部队赶到时，姜博士他们早已消失得无影无踪。

接下来，在姜博士和孙道长的带领下，义军采取遇大队强敌躲进泰山，遇小股金军伏击歼灭的作战方法，又接连打了几场胜仗。此后的一段时间里，金军都不敢到奉符县城了。泰山姜博士义军因此名声大振。乡绅百姓牵羊担酒前来慰劳义军者，络绎不绝，青年壮士投军杀敌者不计其数，义军的力量迅速扩大了起来。

眼见义军形势一片大好，姜博士却心事重重。他对孙道长说："近来我们连败金军，必然会招来金军的报复。现在我们的人马越来越多，行动日渐不便。离开奉符县，我舍不得父老乡亲，可是，在这里我又找不到稳妥的立足之地。"孙道长手捋长髯，微微一笑道："这件事，我早就想好了。泰山凌汉峰，山势陡峭，易守难攻，正是我们安营扎寨的好地方。泰山上最多的是石头，我们有的是石匠，保管石寨修得固若金汤。"孙道长的一席话，让姜博士眉头舒展开来，他大手一挥，连声说好。

自从义军在凌汉峰上安营扎寨以后，进可消灭金兵，退可固守山寨，真可谓是来去自如。金兵几度试图围剿义军，无奈都是损兵折将，无功而返。就这样，姜博士带领义军转战泰山，屡出奇兵，抗金灭匪。他的威名，让百姓欢颜，让敌人胆寒。他的故事，代代流传。

4. 辛弃疾泰山击退金兵

南宋绍兴十年（1140），泰山北麓历城（今山东济南）的辛家宅院里，一个男婴用响亮的哭声，向全世界宣告着他的来临。男婴的降生，让辛家上上下下都喜笑颜开。他就是后来赫赫有名的辛弃疾！

辛弃疾出生的时候，中原及山东一带早已被金人占领。也就是在这一年，宋金两国战事正酣。抗金名将岳飞率领岳家军以少胜多，连战连捷，眼见北伐复国成功在即，奈何朝廷连发撤军诏令，岳飞只得忍痛回师。然而被金人统治的北方，人心思归，百姓始终没有屈服，常有义军揭竿而起，抗争到底。辛弃疾就在这战乱不断的环境之中，慢慢长大了。

在辛弃疾的成长过程中，祖父辛赞对他的影响最大。辛赞本是宋朝官员，金兵占领山东时为保护家族被俘虏，后被迫在金朝做官。公务之余，辛赞常带着辛弃疾和族中子弟一起登高望远、抒怀言志。有一次，爷孙们一起登上了泰山。站在泰山的最高处，辛赞手指南方说："我们的朝廷在那儿，那里才是你们建功立业的地方。"辛赞说，从古至今，像秦始皇、汉武帝、唐玄宗、宋真宗之类盛世王朝的帝王，总要来泰山封天禅地，答谢天地之恩。国破之时，危难之际，方显男儿本色。希望你们能辅佐君主，灭金复国，成就不世功勋。祖父的话语，让辛弃疾久久不能忘怀。此次泰山之行，让年少的辛弃疾立下了收复中原、报国雪耻的伟大志向。

绍兴三十一年（1161），金完颜亮再次发动南侵战争。宋金之间烽烟再起，已受尽金人凌辱的北方百姓更是生不如死，民怨沸腾，各地民众纷纷起义，拼死一搏。当时二十出头的辛弃疾也在自己的家乡济南组织义军，转战泰山南北，奋力抗击金兵。年轻的辛弃疾，很快就展现出杰出的军事才能，他率队接连打了几次胜仗，队伍也迅速超过两千人。随后，辛弃疾带领全部人马，投奔当时济南规模最大的义军首领耿京。

义军中有个僧人叫义端，也是自带队伍投靠耿京的。有一次，义端心生诡计，盗取辛弃疾掌管的军印后潜逃了。耿京闻讯后大怒，要杀辛弃疾。辛弃疾处变不惊，立下"三天取印，过时立斩"的军令状。辛弃疾料定义端盗取军印是为投降金人准备见面礼，于是他向金军大营方向一路紧追，最终人赃俱获。

绍兴三十二年（1162），耿京接受南宋朝廷招安，派辛弃疾南下商讨具体事宜。宋高宗召见了辛弃疾一行，并对耿京等义军将领进行了封赏。完成使命的辛弃疾立即返程，想把好消息尽快带给耿京。不料行至半路，噩耗传来：义军将领张安国，杀死耿京，投降金人。更糟糕的是，主帅被害，义军群龙无首，已经大乱四散了。报仇心切的辛弃疾集合五十个骑兵勇士，快马加鞭地赶到济州，潜入了张安国隐藏的金营。此时的张安国正在与金军将领饮酒，辛弃疾的突然出现，让他们措手不及。辛弃疾快速把张安国绑起来，拎上马背飞驰而去。等金兵金将追出大帐，辛弃疾早已离开金营。辛弃疾策马狂奔，昼夜不停，直至渡过淮河，将张安国送到朝廷正法。

这次五十人闯金军五万人大营的壮举，让辛弃疾一夜成为天下英雄。年轻的辛弃疾，一出手达至人生的巅峰！

（五）奇案悬疑

1. 范蠡隐居陶山

范蠡在辅佐勾践灭掉吴国后，携带美女西施，泛湖出海。站在船头的范蠡，望着眼前的家人，郑重地说道："从现在开始，大家叫我'鸱夷子皮'，大家一定记好，万万不能有错！"众人纷纷允诺，范蠡满意地点了点头，第一个走下大船，踏上了齐国的土地。

逃离越国的范蠡，在海边定居下来。范蠡治理国家、带兵打仗的水平自不必多说，否则越王勾践也不会百般猜忌。没想到他的创业能力竟然也是如此出色。他们在海边开垦土地，耕种劳作，从来不吝惜力气。在一家人的共同努力下，没几年的时间，就创造了数十万的财富，名振乡里。这么一位能人，自然也引起了齐国的关注。

后来，齐王派使者到范蠡家中，邀请他出任齐国相国，为了表示诚意，连相印都一起带来了。范蠡对使者感叹道："我居家创业可以富有千金，出仕做官可至卿相，这已经是普通人所追求的最高境界了。如果我的这种能力长时间被夸赞，对我来说却不是一件好事。"范蠡之所以这么说，是因为他认为自己的真实身份已经暴露，在这里再住下去不安全了。范蠡奉还相印，谢绝了齐王的邀请。送走齐王使者后，范蠡把家产分给了周围的乡亲们，一家人只带上贵重的财物，悄悄地离开了海边。

范蠡带着家人，一路往西走向内陆。一日，他们远远望见一座高山。走近细看，此处三面高山峻岭环绕，山上崖壁高耸，林木葱茏，到处都是大大小小的山洞。山前还有一片湖泊，与河流相连。范蠡很中意这里，便派家仆去询问这是什么地方。家仆回来说道："当地人说这里是齐国边境，面前的这座山叫陶山。"范蠡对陶山进行了实地考察。他发现陶山处于多个诸侯国的边缘地带，不易引起关注。而且陶山地势险要，树木茂盛，山洞密布，也非常适合藏身。此外，陶山周边水陆交通非常方便，既有利于经商，又便于及时应对局势变化，进退自如。范蠡拍手赞道："有山有水还有洞，陶山真是个隐居的好地方啊！"

打定主意后，范蠡再次更名为"陶朱公"，带领家人在陶山耕种养殖。范蠡超人的经商天赋，在这个时候充分地展现了出来。他往来南北，互通有无，淡季收购，旺季销售。一本生意经让范蠡念得有声有色，没多久，就又积攒下了巨万的财产。很快，陶朱公名满天下，被后人称为"商圣"。如今的肥城陶山不仅有范蠡墓、范蠡祠等遗迹，还有"范蠡归湖处"等碑刻竖立在那里。

2. 秦刻石失盗案

清乾隆五年（1740），一场突如其来的大火席卷了泰山极顶的碧霞祠。闻讯赶来的群众纷纷泼水灭火，无奈风助火势，越烧越大，碧霞祠最终被烧成了一片白地。清理残骸时，人们惊讶地发现，珍藏在祠内的秦泰山刻石竟然不见了踪影。众人找寻多日，仍一无所获，此后，秦刻石下落成谜。

如此珍贵的国宝，难道要就此消失了吗？秦刻石，是秦始皇封禅泰山时所刻，诏书为丞相李斯用小篆书写，因而又名"李斯碑"。后秦二世胡亥登上泰山，命李斯在原石背面加刻秦始皇诏书。秦刻石是泰山现存最早的文字刻石，也是秦始皇封禅泰山所留存的唯一实物，具有无可估量的历史价值。

就在秦刻石将要淡出人们记忆的时候，嘉庆二十年（1815），汪汝弼担任泰安知县。汪汝弼之前就听说过秦刻石，但是从来没有见过实物。因而，他担任知县之后，决定找到丢失已久的秦刻石。汪汝弼发布告示，说对能提供秦刻石线索的人重重有赏。不久，一个赵氏老翁，由家人搀扶着来到县衙。老翁对泰安通判徐分说："在下是个瓦匠，以前在山顶修玉女池时，见

秦刻石（王德全摄）

过一截残碑，不知是不是大人所寻之物。"关于碑的形状、字迹等，赵氏老翁一一详述，又说："当时残碑被人扔进玉女池，望大人差人前往查视。"徐分告诉了汪汝弼。汪汝弼委托前任泰安知县蒋因培与邑士柴兰皋前去寻找，他们按照老翁的描述，果然在山顶玉女池中找到了两块残石，冲洗之后，石上仅存十字。汪汝弼欣喜若狂，重重奖励了提供线索的老人，并在山上东岳庙西修了一座亭子，安放此碑。

十七年后，东岳庙西墙倒塌，亭子被砸毁。当时的泰安知县徐宗干把秦刻石搬到了岱庙的雨花道院中保存。然而，秦刻石的多舛命运并未结束。

时光流逝，转眼到了光绪二十年（1894）。这年一个风雨交加的夜里，几个黑影接连翻进岱庙院墙内。不一会儿，这几个人又扛着一块石碑翻出院墙，迅速消失在夜色之中。

第二天，秦刻石被盗的消息很快上报到了时任泰安知县毛蜀云那里。毛知县立即下令封锁全城，挨家挨户搜查，并四处张贴告示：有发现秦刻石线索或帮助找回的，给予重奖；如有帮助藏匿或盗卖的，严惩不贷。告示一出，全城轰动。一时间，泰安城内的民众都在谈论这块石碑的传说。

十天以后，有人向县衙报告，说在泰城北部一座石桥下发现了一块碑，形状与告示上所写的内容相似。毛蜀云立刻带人前去查看，果然就是那块被盗走的秦刻石。原来那伙盗贼始终找不到机会把石碑运出泰城，鉴于毛知县严厉追查，也没有买家敢与之接洽，走投无路的盗贼只能将偷来的石碑弃置于石桥下。

正是由于毛知县对历史文物的保护，这一珍贵刻石才得以保存至今。如今走进岱庙东御座，在正殿露台的西侧，那座被玻璃罩严密保护着的石碑就是历尽劫难幸存至今的秦刻石原石。

3. 周明堂古玉出土案

1921 年的夏天，泰山东北麓大津口明家滩附近下了一场暴雨，雨后，附近李家泉村的韩富甲兄弟来到自家田地边，修复被冲毁的坝堰缺口。修坝需要沙土，于是兄弟俩又扛着铁锨到旁边山岭上挖土。挖着挖着，下面忽然出现了一片白沙，与上面的土质明显不同，兄弟俩的好奇心一下子被勾了起来，铆足劲儿继续向下挖去。不一会儿，一个巨大的窖藏出现在眼前。打开窖藏，露出了十几件玉器，其中大件有五个碗、五个盘，虽然不知被埋了多久，但玉质莹润、鲜亮如初。

兄弟俩都没上过学，对文物没有什么概念。乍一见这么多的玉器，还以为是哪个地主老财偷偷藏起来的家私，首先想到的是拿回去可以改善一下家里的生活。于是他们在随身携带的粪筐里铺上草，把玉器装在粪筐里高高兴兴地回了家。

回家以后兄弟俩又犯了愁，这些东西不能直接拿来买吃买喝，翻修屋院，得想个法子变成现钱才好。兄弟俩一合计，就把在泰安城车站街跑杂粮生意的魏老舅请了来，一五一十地说明了发现玉器的经过，请他帮忙出手卖个好价钱。魏老舅拍着胸脯满口答应了下来，为了估价，又从这堆玉器里挑了两件包在包袱里带走了。

魏老舅还真把这事放在了心上，转天就带着那两件玉器来到了济南小布政司街（今省府西街、省府东街），找到了一家叫茹古斋的古玩店铺，小心翼翼地掏出了一件玉器请掌柜给看看。茹古斋的掌柜姓钱，是个鉴别古董的行家，起初他看魏老舅衣着寒酸，并没有把他放在心上，等那件玉器一摆上柜台，钱掌柜的眼睛瞬间亮了起来。这哪是什么普通玉器，这明明是周天子与诸侯会盟时歃血所用的玉敦啊！

还没等钱掌柜惊叹完，魏老舅又拿出了一件中央有穿孔的圆玉放在了他的面前，这种玉璧通常是用来祭祀天地的上古礼器。钱掌柜立刻转变了态度，和颜悦色地对魏老舅说："老先生，您这是从哪儿过来的啊？"魏老舅不疑有诈，实话实说道："俺从泰山大津口过来的。"此话一出，钱掌柜心里就咯噔一下。为什么呢？传说周天子到泰山巡狩祭祀和接见诸侯朝拜的地方就在大津口附近，那里还发现过周明堂的遗址。如此说来，这两件器物很可能就是周天子封禅泰山时留下的礼器，是研究泰山封禅史的确凿物证。

钱掌柜推测，这套礼器应该不止两件，像这种成套的礼器价值无法用金钱来衡量。他看了看面前纯朴的魏老舅，一个贪念浮了出来。他对魏老舅说："你这东西看着不错，也挺新的，不过现在兵荒马乱的，谁还愿意花钱买这些东西呢。你今天能到我这儿来，说明咱俩有缘。这样吧，你也别找其他店了，你的玉器，有多少我收多少，每一件我给你一百块现大洋。"说完他伸出手指在魏老舅面前比了个一字。魏老舅乐坏了，一口答应了下来。

回到大津口，魏老舅就找到了韩家兄弟，把他们挖出来的玉器全部要了来，从钱掌柜处换来了一千多块大洋。

魏老舅得了钱，却没有如实交给韩家兄弟，而是自己昧下了大半，只给了韩家兄弟五百块大洋。兄弟俩没想到那堆玉器居然能卖这么多钱，乐得合不拢嘴，哪里想到其实已经吃了大亏。他们开始大张旗鼓地盖房修院，全身上下也都换了崭新的衣服。这么一鼓捣，两兄弟挖到宝物的消息很快就传了出去。

消息传到泰城乡绅的耳朵里，可把他们气坏了。"泰山山脚埋藏的古玉是具有传承价值的珍贵文物，属于国家所有，应该上交国家，好好保护起来，怎么能私自贩卖给投机商呢？"他们依据有关规定向泰安县公署递交了状子，要求逮捕韩氏兄弟，追回流失的玉器，同时他们又找到了北京民国国会的泰安同乡赵新儒寻求帮助，赵新儒连夜起草呈案，致函北洋政府国务院，说明宝物的文化价值，以及此次售卖对中国历史文化传承所造成的损失。函件引起了政府的重视，在自上而下的层层追问下，泰安县知事派出差役拘捕了韩氏兄弟和魏老舅，摸清了售卖文物的详细地址。

得到供词后，泰安县公署向茹古斋发出了公函，要求交还这套玉器，没想到钱掌柜一口拒绝，后又声称宝物已经卖到了国外，如果想追讨，可自行向该国领事馆追查，与古玩店无关。

之后，直奉战争爆发，政局动荡，这些古玉的下落也就逐渐无人问津了。

韩氏兄弟用卖玉得来的几百块大洋托人上下打点，花光了所有积蓄，终于得以保释回家，而那套珍贵的古玉也自此消失了踪迹。有人说，古玉的确被卖到了国外，只是在当时的形势下，已经无法查考到更确切的消息了。明堂古玉的最终下落成了一桩历史谜案，也成为泰山封禅史上一个无法弥补的重大损失。

4. 马鸿逵蒿里掘宝案

1933 年 3 月，《新天津》《南宁民国日报》等知名报纸相继刊发了一个重磅消息：蒿里山里挖出了唐玄宗封禅泰山的玉册。学界轰动一时，学者们一致断定：在泰安出土的玉册，当属空前未有之发现。人人都知道皇帝封禅有玉册，但是从没人见过玉册真容。泰安玉册的出土对研究古代封禅泰山的仪式具有重要的参考价值。

当时，军阀混战的硝烟尚未平息。1930 年，阎锡山与冯玉祥联合讨伐蒋介石，中原大战就此爆发。蒋介石命马鸿逵为第十五陆军总指挥出兵山东，攻占了泰安。战后，马鸿逵部在泰山蒿里山修建阵亡烈士纪念碑和烈士祠时，居然意外发掘出一个了不得的东西。

1931 年，马鸿逵派了一个工兵营上山，决定在文峰塔塔基上修建烈士纪念碑。在清除残基上的碎石时，一名士兵忽然大喊了一声，其他士兵闻声停止了挖掘，围过来观看。只见那个士兵的铲下依稀显现出斑斓的土色，士兵们小心地把周围的杂物清理掉，一片五色土出现在众人面前。正在大家议论纷纷的时候，有人立刻向负责该工程的长官马如龙做了汇报。马如龙赶到现场，指挥着众人先从四面的四色土向下挖，结果很快挖出了大量的玉圭和玉币。马如龙略一沉吟，对士兵们说："你们把黄土挖开，看看下面有什么。"于是众人又从中间黄土处开挖，结果挖出了一块巨大的八卦石板。掀开石板，一个地宫出现在眼前。马如龙按捺不住内心的兴奋，带着几个士兵就进了地宫。地宫里只有一个巨大的石头柜子，士兵们把石头柜子抬出来，打开以后，一个制作精细的金色箱子呈现在众人面前。打开金箱后，里面又露出一只玉盒，玉盒周边用金钉固定着，非常牢固。

这时候，马如龙也意识到面前这个玉盒非同寻常，不敢再擅自打开。于是，这两件宝物就被送到了他的上司——第十五陆军总指挥马鸿逵的官邸。马鸿逵秘密请来专家鉴定，确认玉盒中盛放的就是唐玄宗封禅泰山时的禅地玉册。

唐玉册由十五片玉简组成，为粉白色大理石质地。简上所刻内容主要是希望天地辅佐大唐兴旺发达，同时感谢地神对唐玄宗的护佑。专家对马鸿逵说道："您发现的这可是个了不得的宝贝啊！"马鸿逵急忙追问："价值多少？"专家肯定地告诉他："无价之宝。"马鸿逵听完专家的介绍后惊叹不已，立刻封锁了与之有关的一切消息。直到他离开泰安以后，外界方才得知此事。于是，各色人等纷纷找上门来，想一睹玉册真容。马鸿逵则一概否认玉册在自己手中，只说当时根本没有什么玉册，仅仅是发掘到了几块断玉而已。时间长了，各种传闻甚嚣尘上，玉册的下落也就成了谜。

之后，马鸿逵一路行军。但是人们注意到，无论他到了哪里，都会带着一个巨大的箱子。这个箱子跟随着马鸿逵辗转多地。1971年，弥留之际，马鸿逵把他最为疼爱的四姨太刘慕侠叫到了病床前，说："我走了之后，你要把那个箱子带到台湾，交给蒋介石。"说完，给了刘慕侠一把钥匙。这把钥匙是美国洛杉矶银行地下保险柜的钥匙，里面就藏着那个马鸿逵无论走到哪儿都不离身的箱子。1972年，刘慕侠把箱子送到了蒋介石那里。蒋介石请来考古学家一起鉴定箱子里的宝物。经过考古学家的鉴定，箱子里面是唐玄宗的封禅玉册无疑。同时，和唐玄宗玉册一起出现的还有宋真宗的禅地玉册。蒋介石对马鸿逵留下的玉册非常重视，特意举行了隆重的接收仪式，然后将玉册转赠给了台北故宫博物院。

至此，在文峰塔地基下发掘出来的玉册的下落终于水落石出了。此后，这些玉册一直在台北故宫博物院中展览。

5. 泰山三宝失盗案

1943年，新上任的泰安县知事张光沐按照惯例派遣教育科科长张子玉同古物保管委员会的人一同前往岱庙视察。岱庙道院中建了一间古物储存室，为了保证文物的安全，储存室的钥匙分别由两个人掌管，其中外门钥匙掌握在岱庙道士尚士廉手中，内门钥匙则由古物会秘书石景春掌握，必须两人同时到场，储存室才能打开。

于是，张子玉召集齐两人当场开启房锁验宝。内门打开之后，在场的所有人都大吃一惊。只见室内一片狼藉，木箱被散乱地丢弃在地上，尚士廉扑过去一一检视，发现里面盛放的文物已经不翼而飞。据道、县两署查验的结果，丢失文物包括泰山三宝中的温凉玉圭和黄釉青花瓷葫芦瓶。

所谓"泰山三宝"，是指一对沉香狮子、一方温凉玉圭和一对黄釉青花瓷葫芦瓶。它们是清乾隆皇帝千挑万选献给泰山的三件重礼，无论是从选材、做工讲，还是从寓意来讲，都是货真价实的无价之宝。消息传出，社会震动，舆论哗然，当地侦察队被勒令限期破案。在巨大的破案压力下，侦办人员首先怀疑上了掌管钥匙的两个人，因为宝物丢失之时，古物储存室的房门完好无损，并无撬门挖洞的痕迹。

侦办人员把尚士廉和石景春抓来拷问。两人受了大刑，但仍坚持自己毫不知情。尚士廉说："我从小就生活在岱庙，岱庙就是我的家，我又怎么会偷自己家里的东西呢？再说，我只有一把外门的钥匙，又怎么能打开内门的锁呢？"侦办人员一听尚士廉说得有道理，于是又把石景春提来拷问。石景春来了之后连连叫屈，死活不承认自己与失盗案有关。案件至此陷入了僵局。

侦办人员不得已转换了思路，又问两人："你们都说失盗案与自己无关，那你们之前是否将钥匙交给过其他人？"这一问，两人回忆起一件事来：时任泰安县情报室主任杨安一半年前曾来到岱庙，以查看文物是否安好为由让两人交出了库房钥匙。杨安一独自进入了古物储存室，但不一会儿就出来了，把钥匙还给两人后，还详细询问了库房的夜间值守情况。得知库房夜间并无人值守后，杨安一匆匆离去。

因为杨安一是泰安道尹杜中的亲信，侦办人员不敢擅自做主，便立刻向杜中做了汇报。杜中听后大吃一惊，对办案人员表示："此案关系重大，必须一查到底，绝不容许姑息纵容！"为表示办案决心，杜中亲自带人，两次到杨安一家中询问案情。杨矢口否认，表示毫不知情。可是等杜中第三次派人到杨安一家中查问时，杨安一一家已人去屋空，不见了踪影。

后来在全省大搜捕的形势下，杨安一很快落网，并交由伪省长唐仰杜亲自审问。酷刑之下，杨安一只好交代了作案经过：他知道岱庙珍藏的文物价值不菲，早就动了邪念。在跟几个同伙商量之后，他先是找了个借口拿到了两把钥匙，并把它们偷偷印到了事先准备好的泥模之上，然后趁夜悄悄潜入岱庙，偷走了宝物。至此案件真相大白。杨安一最后被判有期徒刑十二年六个月，剥夺政治权利十年。被盗宝物有近一半在侦缉队的全力追寻下被找了回来，这里面就包括了温凉玉圭和黄釉青花瓷葫芦瓶。

6."虫二"题刻之谜

清光绪二十五年（1899）夏天，济南名士刘廷桂与友人同游泰山。他们沿着泰山盘路走走停停，吟诗联句，不知不觉间已经走过了斗母宫。几个人停下来休息时，一位朋友对刘廷桂说："我们几人中，数你学问最好，你来点评一下泰山沿途的风光如何？"众人一齐响应，期待地看向刘廷桂，等着听这个历下才子会说出怎样的妙语。

虽正值夏日，但他们歇息之处古柏参天，夹道蔽日，酷热的风吹到这里，仿佛也温柔凉爽了许多。坐在盘道上，汗意全消，只觉心胸旷达，惬意无比。刘廷桂

"虫二"题刻（城印文化科技集团供图）

微一沉吟，向身后的书童招手要来纸笔，挥毫写下了"虫二"两字后，便扔下笔大笑起来。几个人围着字看了半天，却摸不着头脑，于是揪住刘廷桂让他自己解释。刘廷桂笑而不语，只是招呼着大家继续向前走去。

原来"虫二"是将繁体字"風月"的边框去掉，取"'風月'无边"的意思，这是赞颂泰山风景优美，无法用语言来形容。据说，当年刘廷桂被朋友纠缠不过，也曾解释道："泰山高峻雄伟，风景绝佳，岂是一首诗、一阕词能概括尽的？唯有'"風月"无边'方可道出心中想说的话。"才子有话却不肯直说，偏偏要弄出一个字谜来，反倒给泰山的伟岸浑厚增添了一丝俏皮。

刘廷桂曾于光绪年间多次登泰山，在泰山还留下了"天衢""洞天福地""云山胜地"等题刻，这些题刻中，"虫二"最有名。如今，四面八方的游客在此驻足，流连忘返。

7. 冯汝骥贪官铸铁像

民国时期，泰安城西门外曾有一座包公祠，祠堂正中塑有包公的坐像，左右陪祀的是清代泰安有名的清官傅振邦和张迎芳。与其他地方的包公祠不同的是，大堂左侧竟然还有一座铁铸的跪像，跪像身着缀满了银圆的马褂，双手高举，手中各托着一枚硕大的元宝，胸前铸有铭文：冯汝骥。

这冯汝骥是何许人也？又是为何被铸成铁像跪在包公祠前呢？这事还得从头说起。

原来这个冯汝骥曾是泰安县知事。此人精明能干，颇有施政经验。可惜他有一个致命的弱点，就是贪财。他来到泰安后就伙同手下人贪污公款，甚至把上面发下的赈灾款都收进了自己的钱包。灾民有来申请赈灾款的，就被关入大牢。处理民事案件时，不管是非曲直，只以双方财产多少为判案标准，不服的就打，泰安百姓对此是敢怒而不敢言。

冯汝骥到泰安时，北洋政府以整顿土地为由，下令"验契"，就是让全国民众把所持有的土地、房产契约送交官府重新查验，每张交查验费一元，注册费一角。查验无误后，把新条文纸与旧契粘在一起，加盖县印，如此契约才算合法。否则，官府有权利没收他们的房产、土地。

当时，民众已经在各种苛捐杂税的压榨下困苦不堪，这次验契的费用又转嫁到他们身上，更是引起了民众的广泛不满，各地民变频频发生，许多地方的验契工作进展缓慢。冯汝骥却把这当成了向上司表现立功的好机会。他发布告示，命令泰安县民众限期办理验契手续，并派衙役威逼紧催。更可气的是，冯汝骙又借此机会，与银号串通让银圆涨价，收税时他们以银圆计算，利用银圆与铜钱之间的差价中饱私囊，又发了一笔横财。

经过这一番折腾，不仅县里的农民更加贫困，就是士绅阶层也被敲诈盘剥。一夜之间，泰城中纷纷传唱起讽刺冯汝骙的歌谣："冯汝骙坐泰安，土地加税房扣捐……"由此可见，老百姓对冯汝骙的行为已经恨之入骨了。

冯汝骙在泰安任上搞得天怒人怨，泰安城里的士绅以葛延瑛为首向北洋政府控告他的罪行，官司一直打到了肃政厅，也就是北洋政府为整肃官场特设的一个监察机构。肃政史王瑚派属员到泰安来查证，证明葛老举人所控告的都是实情，于是向大总统袁世凯参奏了冯汝骙，要求对其严加惩处。

就在大家都以为正义终于能够得到伸张的时候，冯汝骙不但没有被惩处反而连升三级，当上了陕西财政厅厅长。冯汝骙兴高采烈地赴任去了。泰安民众心里的愤恨无法平复，于是泰安名流王衡斋提议，每人出一文铜钱，为这位冯大人铸一尊铁像，也就是故事开头所提到的那尊跪像。

跪像铸成后，一开始被放在遥参亭，1931年包公祠重建，人们又把这尊跪像放到了包公祠前，让他在包公面前悔过。

（六）良吏乡贤

1. 傅振邦与傅公街

清顺治年间，辽阳州（今辽宁省辽阳市）人傅振邦来到泰安做知州。

当时的泰安，历经战争的蹂躏，百业凋敝，百废待兴。傅振邦主政泰安以后，致力于招抚流亡百姓、恢复生产，做了很多有益泰安老百姓的事。当时，官府丈量土地使用的是步弓丈量法。步弓是一种木制工具，上面有柄，形状像弓，两足之间的距离为一步，因此称为步弓。傅振邦发现泰安各处使用的步弓尺寸不统一，丈量出的土地面积大小也就不同，造成了很多纠纷。在充分调研之后，傅振邦规定以四尺步弓法对土地重新进行丈量，最终使泰安的土地买卖和赋税缴纳趋向公平合理。老百姓得到了实惠，无不欢呼雀跃。

最让泰安老百姓津津乐道的，则是傅振邦在泰城北边扩建房舍、招引商户的事。当时泰城北部因长期战乱，已经成为一片不毛之地，城墙坍塌荒废。泰安城失去了城墙的防卫，盗贼流民可以随意进出，消除隐患迫在眉睫。而此处又是香客、游客登泰山的必经之路，出于安全防卫和繁荣经济两方面考虑，傅振邦带领衙役、百姓清除瓦砾、杂草，搬运石块，设棚施粥，修固了城防，又在旷野之上建起了一排排屋舍。屋舍建好后，傅振邦又多方招引商户，许以优惠政策，鼓励商户在泰城落脚安家，由此带动泰安的商业逐渐兴旺繁盛起来。

随着商业繁荣，一些小偷小摸、欺行霸市的事情也时有发生。商户告到了傅振邦处，他便安排衙役定时巡视街铺，遇有不法行为及时制止，不听劝阻者则施以杖刑，很快街面上就变得秩序井然。

傅振邦为泰安做了不少好事，为了纪念他，老百姓就把北起岱宗大街、南至岱庙北路，与仰圣街相连的一段街道命名为"傅公街"，后来还让他与另一位主政泰安的清官张迎芳共同陪祀在包公祠内，而傅公街也成了泰城唯一以人名命名的街道。

2."毛驴太守"张迎芳

在主政泰安的众多良吏中，"毛驴太守"张迎芳至今还被泰安百姓称颂。

湖北人张迎芳在康熙年间出任泰安知州。来泰安时，他只带了两件行李：一件是防风御寒的狗皮褥子，另一件则是一只装满了书的箱子。

张迎芳到任后，凡事亲力亲为，从不假手师爷仆役，如果没干好，就毫不留情地扇自己耳光，提醒自己以后不可再犯同样的错误。他到乡下去察访民情时，不带仆役，只骑着一头小毛驴。每到一个村子，就把毛驴往树上一拴，然后喊来地保为他鸣锣，把百姓召集在一起，集中听取百姓的意见。如果有百姓现场告状，他也会当场予以辨察和处断。总之，今日事今日毕，绝对不拖到第二天。他雷厉风行的工作作风很快就赢得了老百姓的喜爱，当地人说起张迎芳来直呼其为"毛驴太守"。

张迎芳对百姓嘘寒问暖，耐心有礼，对待达官贵人的无礼要求则从不肯屈服。有一回，朝廷派宗人府府丞李廷松来泰山祭祀，既然是朝廷派来的，那就是名正言顺的钦差大臣。李廷松到泰安时要过大汶河，当时汶河正值枯水季，河道里只有一层浅流，穿着靴子蹚着水就能轻松过河。可是李廷松为了摆谱，要求张迎芳准备许多船只，把他的队伍从南岸渡到北岸去。张迎芳一听大怒，这不是无理取闹嘛。他把帽子一摔，气冲冲地来到渡口，对李廷松说："现在这个季节，我没办法给你征集渡船，也没办法给你召集船夫，要不你就趴到我背上来，我背着你过河吧！"李廷松一看，这个知州不是个肯听话、谄媚迎上的，只好灰溜溜地绕道过了河，没敢再给泰城百姓添麻烦。百姓非常感激张迎芳，就在汶河渡口立了块碑，这个渡口从此就被叫作"张公渡"。

后来，又有一位钦差大臣南下时经过泰安。他想爬泰山，就拿出上官的威仪，派传令官拿着单子去找张迎芳，要求张迎芳为他提供食物，还要派专门为他服务的民夫。张迎芳看完传令官拿来的单子后，把单子往地上一扔，把衣服一层层解下，直到露出瘦骨嶙峋的胸膛，他往公案上一躺，对前来要东西的传令官说："我既无猪，也无羊，就是有也不给！我既为泰安的父母官，就不能盘剥泰安百姓的血汗！你回去告诉钦差大人，看我张迎芳够不够肥，把我杀了送给钦差大人吃如何？"传令官一看这是个刺头，不敢招惹，赶紧捡起单子回去复命去了。从此以后，张迎芳的倔脾气就传开了。"毛驴太守"之外，他又得了一个"张橛子"的外号。

张迎芳为官勤政爱民，颇受老百姓爱戴。后来他病死在泰安任上，遗产只有几箱书而已。泰安百姓感念他的清廉，就让他与另一位主政泰安的清官傅振邦一起陪祀在包公祠内。

3. 曹公渠与双龙池

清光绪七年（1881）的一天，泰安城内通天街上，走来一个挑水的老大爷。突然，路边跑出一个小孩儿，一头撞进他的怀里。扁担从他肩上滑落下来，瓦罐被摔碎了，水淌了一地。大爷手拍大腿，连声叫苦："哎呀呀，家里还等水做饭呢，这可怎么办啊？"旁边的人闻声过来，纷纷劝慰老人。闯祸的小孩倒还懂事，忙说："爷爷，你别着急，我去喊我爹，让他帮你打水来。"老人说："就是你爹去，这来回也得七八里路，这饭要等到什么时候啊？"人群中有两个文人。其中一年长者问道："老人家，你为何要去那么远的地方打水啊？"老人打量着二人说："你们不是本地人吧，这泰安城里自古就缺水，就是偶尔打出一口井来，那水也是苦得没法喝。没办法，只能去山上挑泉水喝。"众人纷纷附和，一个大婶说："这人喝水还好说，喝不多。要是遇上着火，那才是真的麻烦，城里没水咋救火？只能眼睁睁地看着烧啊！"另一位年轻文人问道："老百姓没水喝，官府也没解决办法吗？"老大爷叹息一声，说：

"咱泰安城不富裕，官老爷们也是难为无米之炊啊。"这个时候，小孩子的父亲闻讯赶来了，他让老人先回家，说自己马上给老人送水过去。

围观的人都散开了。那两个文人相互对视了一眼。年长的说："没想到泰安城如此缺水，咱们得想个办法把这个事解决了。"年轻的回道："好！请大人到衙署一议。"言毕，两个人也离开了。原来这两位是刚刚到泰安上任的朝廷官员。年长者是泰安知府曹浚澄，年轻者是泰安知县曹钟彝。他们上任后，马上就走街串巷探询百姓疾苦，没想到刚出门就发现了泰安城内严重缺水的问题。

府县两位曹大人商议之后，决定扭转泰安缺水的局面。他们博采众议，精心勘察，还引来泰山溪水做实验。最终确定了解决方案：借助泰安城北高南低的地势特点，从王母池那里开始修筑水渠，使水渠穿行于城内主要街巷，在渠道旁依次开挖小型蓄水池，这样既能蓄水，又方便百姓取水。同时，为了减缓水流冲击，将水渠环绕岱庙建设，并在遥参亭前建一个大水池，这样从王母池下来的水先灌注到大水池中，再从大水池分流到城里。大水池内东南、西北各有一石雕龙头，因而得名"双龙池"。

就在这项惠民工程即将启动时，官府发布公告：全城百姓无须捐助，不出义工，所有的花费均从当地官员俸禄中扣除！两位曹公亲力亲为，自掏腰包，为民解难，堪称"为官一任，造福一方"的一股清流。

水渠建成后，极大地缓解了泰安居民吃水难的问题。为了纪念曹浚澄知府和曹钟彝知县,泰安百姓将这条水渠命名为"曹公渠",并在双龙池旁立了一座石碑,以示永久纪念。

4. 毛知县三治泰安

光绪二十年(1894),泰安知县毛蜀云刚查获秦刻石被盗案,就被革职了。原来有个法国传教士来到泰安,想购置土地建造教堂,与泰安的乡绅百姓产生了纠纷。毛蜀云在审理此案时,公正判决,没有偏袒传教士,法国公使对此极其不满,遂向清廷施加压力,最终毛蜀云被革职。

泰山自古就是圣贤聚集之地,其中就有毛蜀云极其推崇的和圣柳下惠。他初到泰安上任,就专程前往泰山南麓柳里村的和圣墓,拜谒柳下惠。毛蜀云第二次上任期间,看到和圣墓已荒废破败,便决意修复。正在筹措修缮资金、设计修复方案的时候,一纸调令,让毛蜀云再次离开泰安。也许是上天注定要让毛蜀云完成这个心愿,光绪二十八年(1902),毛蜀云第三次被任命为泰安知县。回到泰安不久,他就捐银千两,派专人监督和圣墓的修复施工。话到此处,不禁让人感叹,泰山脚下,贤人辈出。古有柳下惠三黜而不去父母之邦,后有毛知县三治泰安城勤政亲民。

光绪三十年(1904),毛蜀云最后一次调任离开泰安。在任期间,他十分重视当地文化教育。他带头自捐俸禄,号召富裕家庭解囊相助,在泰安创办新式学堂。他还在学堂中开设外国语教学课程,多方搜集中外书籍、科学仪器等,让泰安人大开眼界。毛蜀云常常亲临学堂，督促教学，有时还亲自登上讲坛，勉励学生认真读书，成为通才。在他的倡导下，泰安遍建小学，被山东巡抚周馥誉为"山东小学第一"。

毛蜀云三治泰安，泰安益治，一时传为美谈。

5. 萧大亨智救螭霖鱼

泰安满庄镇西北的金牛山下有一处古代墓葬，这里就是明代三朝元老，万历年间兵、刑两部尚书萧大亨的墓地，俗称"萧家林"。历经了四百多年的风雨侵蚀，如今萧家林仍旧保留着恢宏的气势。

萧大亨，字夏卿，明嘉靖年间出生于泰安。萧大亨不仅是一位政治家、军事家，还是一位学者。在泰安老百姓心中，萧大亨则是一位能为家乡百姓请命的好官。当年，泰山螭霖鱼本已被定为贡品，就是由于他的巧妙周旋才免了一劫。

当时有个山西总督名叫赵古庵，他听说泰山螭霖鱼肉质鲜美，是泰山的一大特产，于是向皇帝进言将螭霖鱼定为贡品，当地官府每年按规定数量进献给朝廷。皇帝准奏，并将旨意发往了泰安。

接到圣旨后，泰安从知州到百姓均叫苦不迭。因为螭霖鱼只生活在海拔三百至八百米的泰山泉水之中，对水质要求极高，自古便有"螭霖鱼不下山"的说法，而且螭霖鱼机敏胆小，非常难钓。为了完成圣命，知州便向全城百姓摊派了任务，要求每家每户必须在规定的时间内献上一条活螭霖鱼。一时间，泰城百姓为求一鱼，倾家荡产者有之，银铛入狱者有之。然而虽再三催逼，捕来的鱼仍无法满足进贡的要求。知州没了办法，只好求助于正在家乡养病的萧大亨。

萧大亨一打听，得知是赵古庵出的坏主意后，对知州说："这事不难，你放心好了。"他派人到河沟里捉了几条泥鳅放到盒中，又在外面裹上贡品的封条，然后亲自送到了京城。

到了京城后，皇帝一听是萧大亨亲自送螭霖鱼进京，喜出望外，立即召见了萧大亨，询问道："朕听说你的家乡有一种名贵的鱼叫螭霖鱼，是世间难得的美味，可有此事？"萧大亨躬身答道："我的家乡的确有一种小鱼叫螭霖鱼，因为味道腥膻，我们当地人从不吃它。不信，万岁待会儿一尝便知。"他还表示要亲自下厨烹饪此鱼。

皇帝将信将疑，便让萧大亨去御膳房做鱼。萧大亨故意用清水煮鱼，少油少盐，不放姜葱，刚下锅不久便急忙捞出送了上去。皇帝一见，盘中之鱼又小又黑，极不起眼，再一尝，刚一入口便腥味扑鼻，差点吐了出来，不禁大怒："这是什么鱼！怎么赵古庵说它异常鲜美，且可延年益寿？"萧大亨这才做出一副恍然大悟的表情答道："原来是赵总督说的。赵总督从未吃过螭霖鱼，如此道听途说，岂不是欺上？"皇帝想起那一嘴的鱼腥味，把气全撒在了赵古庵身上，不但治了他一个大不敬的罪名，而且废除了泰安年年进贡螭霖鱼的旨意。消息传到泰安，百姓无不欢欣鼓舞，纷纷感念萧大亨的恩德。

萧大亨七十七岁告老还乡，回到了魂牵梦萦的故乡。他经历了嘉靖、隆庆、万历三朝，深得万历皇帝的宠爱。在萧大亨去世后，朝廷以王爵的标准为他修建了墓地。萧家林历经五年方才竣工，墓前的石人、石马等至今仍栩栩如生，显示着萧大亨生前的尊荣。

6. 王无欲维修扇子崖

王无欲是明朝末年的泰安本地人。平日里，他经常与朋友一起去泰山游玩，在山水之中纵情诗酒，乐而忘返，好不惬意。

这日，他与朋友们又相约到泰山游玩。他们这次顺着泰山西侧一条之前从没有走过的小路往上爬，一边在山中观景，一边吟诗作乐。路越走越僻静，也愈加崎岖，使得他们更想要一探究竟，想看看这条小路的尽头隐藏着何等风光。

过了仙桃石，他们便看到一个巨大巍峨的山峰，犹如一把打开的扇子一样立在山上，很是壮美。一个朋友说："这座扇子形状的山崖如此高耸峻峭，如果能登上崖顶，这风景一定与众不同！但这悬崖峭壁，估计无人能及，可惜啊可惜！"

说者无心，听者有意，王无欲将此事记在了心中。后来，他自筹资金，专门请来匠人在这陡峭的山崖上架设了悬梯，终于了却一桩心愿。他与友人们也终于登上了扇子崖，在崖巅赏景吟诗，体会到了无限风光在险峰的乐趣。因为对扇子崖的景色喜爱有加，他又在扇子崖顶修建了一间茅草屋，在此读书修身。

明末，天下大乱，百姓不得安宁。某日，王无欲想起地势险峻的扇子崖，便与家人商量："如今这泰安城动荡不安，与其天天在家中提心吊胆，不如去泰山的扇子崖附近避一避吧。

那里偏僻幽静，人迹罕至，暂去躲过这乱世之难吧。"家人纷纷点头。于是，他带着家人去了扇子崖，还和弟弟、弟媳等在崖西月亮洞附近修建了茅庐，自此住了下来，号为"西山别业"。

一日夜晚，王无欲做了一个梦，梦里一位神仙对他说："你不需要担心全家安危，现在虽然天下大乱，但是过不了多久就会有新王登基，一统天下，到那时你就会获取功名。"梦醒之后，虽不敢真信梦中之言，但是王无欲不由得心思浮动。

清初，他和父亲王度相继考中了举人、进士，出仕为官。王无欲这才意识到当年神仙所言非虚，全都一一应验。

多年后，王无欲故地重游扇子崖。看见之前修建的"西山别业"和山上供奉元始天尊的小庵都荒废了，怅然若失间，忽然回想起当年神仙对全家的庇佑。于是，他四处筹措财力，历经多年重建了元始天尊庙。

后来，王无欲在庙中立了石碑，记录下他与扇子崖的这段故事。若不是王无欲排除万难、架梯建庙，世人也许不会观赏到扇子崖这美不胜收的壮丽风景，也不会领略到昔时王无欲站在崖巅时的那份激荡胸怀。得益于王无欲的这种不惧险峻、勇于开拓的奉献精神，奇峰异景才被天下世人所知，扇子崖才成为泰山西麓一处绝佳观景胜地。

扇子崖（张振宗摄）

91

7. 姜桂松修明石桥

大汶口古镇南门之外，有一座石桥横卧在滔滔汶河之上，如巨龙戏水，又似长虹卧波，它就是大名鼎鼎的"明石桥"。明石桥因建于明代隆庆年间而得名，距今已有四百多年的历史，是整个大汶河现存最古老、最完整的石桥，也是我省境内现存最长的古石桥，至今仍在正常使用。明石桥的修建，不仅方便了往来的客商、百姓，更促进了两岸的经济发展。当年，石桥之上，车水马龙，商贾百姓络绎不绝。货车在桥面条石上留下的车辙，如今仍清晰可辨。

雍正年间，一场大雨把大汶口石桥冲毁了。因修复工程艰难，耗资巨大，所以重修一事就被搁置下来。后来，这个消息被泰山著名石匠姜桂松知晓，他暗下决定要筹集资金，修复此桥。

姜桂松出生在泰安城西粥店村，长大后成为石匠，因他技艺高超，人称"姜鲁班"。雍正年间，内务府大臣丁皂保曾奉皇帝之命整修泰山。在重建岱宗坊时，由于坊梁过重，多次起升都未能成功。这时姜桂松提出了"堆土上梁"的施工方案，一举成功。姜桂松因此得到了丁皂保的赏识，丁皂保把更多监督重修泰山庙宇、山道的任务交给了他。重修泰山工程结束后，姜桂松得到了一笔丰厚的报酬。

为了回报乡里，姜桂松自行捐资修建粥店石桥。姜桂松发挥高超的石匠技艺，创造性地将"T"字形铁钉嵌入石梁之间，又在桥面石之间用铁扒锔连接，这样将整个桥面牢牢结成一个整体，大大加固了石桥。三百余年过去了，粥店石桥依旧横卧在洴河之上。

修建粥店石桥让姜桂松积累了丰富的筑桥经验。乾隆年间，他捐资倡修明石桥。姜桂松拿出自己的全部积蓄，沿用修建粥店石桥的原班人马。他亲自勘探设计，放弃原有桥基，巧妙利用汶河中间的一个小石岛做桥基，又从泰山运来巨石。明石桥的造型结构与粥店石桥完全相同，桥面石之间依然采用铁扒锔连接，桥墩用巨石垒砌。仅仅用了不到一年的时间，冲毁的明石桥就修复完成。此桥远长于粥店石桥，人称"姜公桥"。

明石桥（张振宗摄）

如今我们看到的汶河古石桥，不仅凝聚着明清两代工匠的智慧结晶，也彰显着中华民族济世助人、修桥补路的优良传统。

8. 冯玉祥两次隐居泰山

中原大战失败以后,曾任国民军总司令的冯玉祥被迫下野。1932年,冯玉祥接受了山东省主席韩复榘的邀请,隐居泰山,为期八个月。1933年,冯玉祥再次隐居泰山。两次隐居泰山期间,他为泰安人民办了不少好事,留下了许多感人的故事。

冯玉祥一生坚持抗日,也坚持用多种形式宣传抗日救国。他认为只有全民抗战,才能取得最后的胜利。如今泰山五贤祠东的洗心亭内还保留着冯先生的隶书石刻。石头上刻制了东三省的面积和人口,提醒国人勿忘国耻。

说起冯玉祥宣传抗日的故事,在泰安百姓间,广为流传着这样一件事。泰安人喜欢吃煎饼,常把煎饼当成一家的主食。冯玉祥看到煎饼平平展展的,铺开像纸,就派人定做了一个煎饼鏊子,让铁匠在鏊子上刻了"抗日救国"四个大字。煎饼一张张铺开,每一张上面都有清晰的"抗日救国"四个大字。从此,冯玉祥就用这种特制的煎饼来招待客人,这些有字的煎饼也被人们称作"冯玉祥煎饼"。

冯玉祥认为,爱国思想应从娃娃抓起,要培养抗日救国的新生力量,改变泰安百姓不识字的落后状况,就得重视教育。他在革命老人范明枢的帮助下创办了十五所贫民小学,由范明枢任总校长,为抗日救国输送了大量的人才。办学期间,冯玉祥还亲自为教材编写歌谣,泰城的大街小巷里,总能听到孩子们稚气的歌声:"日本人,不讲理,杀我同胞夺我地;小朋友,快快起，打倒日本出口气。"

冯玉祥不仅为教材写歌谣，也爱写诗。他作诗不谈论风月，只讲民众苦难；他写诗不追求格律工整，只求能让大众明白。他在泰山隐居期间，创作了大量的诗。如《爱百姓歌》是这样写的：

> 军人须知爱惜百姓，我之粮饷民所供。
> 食民之膏衣民之脂，遇有祸患我们保。
> 平内乱，御敌扰，不使百姓受苦恼。
> 纪律严，名誉好，军民一体国之宝。

冯玉祥的诗题材很广，有表现老百姓日常生活的《打柴》《施肥》《泥瓦匠》，有写泰安民俗的《上山烧香》《庙会的市面》，等等，五花八门，无所不包。他还与画家赵望云合作了诗配画刻石。老舍评价说，图是真情，诗是实话，常来看看，总足以提醒大家。著名诗人臧克家也称赞道，这些刻石不仅是艺术品，也是宣传抗日救国、教育人民的极好教材。

冯玉祥对泰山有着深厚的感情，他去世后被安葬在泰山凌汉峰下。陵墓由花岗岩石砌成，墓壁正上方是郭沫若手书的"冯玉祥先生之墓"七个金色大字，正中为冯玉祥的黑色浮雕头像，下面镌刻着冯玉祥的自题诗《我》："平民生，平民活；不讲美，不要阔。只求为民，只求为国；奋斗不懈，守诚守拙。此志不移，誓死抗倭；尽心尽力，我写我说。咬紧牙关，我便是我；努力努力，一点不错。"这首诗既是冯玉祥对理想追求的表白，也是他对自己一生所做的总结。

三

咏赞泰山

"泰山岩岩，鲁邦所詹。"悠悠数千年间，文人墨客纷至沓来，登临泰山，感山水，抒奇志，俯仰凭吊，留下了文采斑斓的佳作。历代众多学者致力于泰山研究，留下多部专著，为泰山历史文化增添厚重之笔。

（一）诗文流韵

1. 诗仙李白游泰山徂徕山

　　唐开元年间，李白曾在泰山东南的徂徕山隐居，当地民间至今还流传着他与人打赌作诗的趣事。当时李白与齐鲁名士孔巢父、韩准、裴政、陶沔、张叔明一起在徂徕山隐居，时称"竹溪六逸"。或许是徂徕山的景色实在太迷人了，李白纵情玩乐，却一首诗也没有写过。怎样才能让李白主动写下歌颂徂徕山的诗篇呢？孔巢父等人经过商量，决定以酒为媒介，设下赌局，诱其写诗。

　　第二天，孔巢父约李白在徂徕山攒石崮下喝酒赏月。席间，张叔明提议，如此美酒，如此美景，仅仅是喝酒闲话未免无聊，不如大家比拼一下酒量，谁输了谁就写一首诗。其余几人一齐叫好，于是赌局正式开始。因为孔巢父等人提前做了准备，偷偷把自己的白酒换成了白水，李白自然比不过。比赛共进行了六天，李白也连着输了六次。按照规则，李白需要作一首诗。李白说："愿赌服输，我欠下的诗等下次补上。"

虽然李白没有留下吟咏徂徕山的诗歌，但是直到今天，徂徕山上还能找到"竹溪六逸"的遗迹，徂徕山乳山之下也留下了李白所题"独秀峰"刻石。

唐天宝元年（742）四月，李白来到泰山。他循着唐玄宗封禅的路线，登上了向往已久的泰山。站在山顶，回身远望，薄薄的烟雾之下，广袤的大地就像一幅锦绣画卷徐徐展开，李白心胸为之一畅，写出了"天门一长啸，万里清风来"这一吟咏泰山的千古名句。李白这次登泰山，没有忘记上次打赌欠下的诗，留下了《游泰山六首》等一系列与泰山有关的作品。诗中充满了浪漫主义情怀和雄奇的想象，尤其是第一首最为脍炙人口。

在这首诗中，诗人想象自己站在泰山顶上，看到了蓬瀛仙山，看到了金银台。站在天门处，清风徐来，仰天长啸，胸怀为之一畅。仙人盛情招待他，送给他喝酒的流霞杯。天地如此广阔，而人是如此渺小，不如就抛开这凡尘俗世，做一个自由自在的仙人吧。

诗仙李白是个特立独行的人，不想按照科举取士的路子进入官场去实现自己的政治抱负，而是希望走一条不寻常的路。

唐玄宗妹妹玉真公主在泰山出家修行，拜日观台刘若水为师。李白来到泰山后，就住在日观台附近，在泰山上住了一个月，和道士刘若水交往密切。通过刘若水，李白认识了玉真公主，又通过玉真公主，认识了玄宗皇帝。李白四月到泰山，六月就接到了玄宗的诏书，李白选的这条路真可谓是平步青云呀。

2. 杜甫登岱咏《望岳》

唐开元二十四年（736），兖州通向泰山的驿道上，远远传来了清脆的马蹄声。三个青年男子骑着骏马，一阵风似的跑了过来。前面并辔而行的是杜甫和他新结识的朋友苏源明，后面紧紧跟随的是杜家仆人。此时的杜甫精神抖擞，意气风发，丝毫看不出科考失利后的颓废和沮丧。在他身旁的苏源明也是满面春风，神采飞扬。两个人一会儿纵情吟唱，一会儿大声欢笑，引得不少路人驻足观望。

正行进间，苏源明勒住了马的缰绳，杜甫不明其意，也停了下来。苏源明手指前方，对杜甫说："子美兄请看，那就是泰山。"杜甫顺着苏源明手指的方向看去，在辽阔的田野尽头，一座宽厚伟岸的大山拔地而起，高高的山峰直冲云霄。墨绿色的山峦层层叠叠、连绵起伏，仿佛一道绿色的屏障，横亘在苍茫的齐鲁大地上。杜甫被眼前的景色深深地吸引住了。他对苏源明说："弱夫兄，早闻泰山气势宏伟，拔地通天，今日一见，果然名不虚传。今晚我们投宿在泰山脚下，明天就登顶泰山。"

清晨的泰山被一层薄如轻纱般的雾霭笼罩着，杜甫三人沿着登山小路，走进泰山的怀抱之中。初入山时，人在谷底，但见林丰草美，溪水淙淙，两边的山峰阴阳明灭，昏晓不定。杜甫连声赞叹："这真是可以入诗入画的美景啊！"

他们越过山腰之后，山势变得愈发陡峭。杜甫站在宛如天梯倒悬的石阶盘道上，回望山下，发现自己竟然已置身于云端，不禁飘飘欲仙，仿佛要与空中的飞鸟齐飞共舞一般。就这样，带着对一路美景的惊奇赞叹，杜甫他们终于登上了泰山之巅。

站在泰山的最高处，杜甫放眼望去，但见群山低俯，河流宛转。广袤大地就像一幅巨大的画卷，在他面前徐徐展开，万里江山，尽在眼前。此时的杜甫文思泉涌，心潮澎湃。不一会儿，他的眼神一定，对苏源明说："弱夫兄，弟今日登上泰山，刚刚成诗一首，你是否要听？"苏源明大喜，连声说好。杜甫略微稳定了一下心神，缓缓吟道："岱宗夫如何？齐鲁青未了。造化钟神秀，阴阳割昏晓。荡胸生层云，决眦入归鸟。会当凌绝顶，一览众山小。"一首千古绝唱《望岳》，就此诞生了。

3. 陆游情系泰山，作诗留念

南宋嘉泰三年（1203），浙江山阴，归隐故乡的陆游正在房内读书。"笃、笃、笃"，一阵沉稳有力的叩门声把陆游从书本中带回到现实世界，原来是新结识的绍兴知府辛弃疾来访。辛弃疾与陆游相互仰慕已久，可真正见面才一月有余。两人志向一致，兴趣相投，就连人生经历也颇有几分相似，很快就互为知己。

两人施礼寒暄之后，携手来到书房。家人已把香茶沏好，两人安稳就座。辛弃疾自小在北方生长，成年后投奔南宋，陆游时常从他那里了解北方的山水风貌、历史人文。这一次也不例外，他们谈到了泰山。陆游问辛弃疾登过泰山吗，辛弃疾一听，哈哈大笑道："在十二三岁的时候，我和祖父就已经把济南周边大小山头全部走遍了，泰山就在其中。二十岁左右，我又和同窗好友多次登顶泰山。泰山，我很熟悉。"陆游听罢，很是羡慕。他说："泰山一直是我的神往之地，可惜终不能成行。你快给我说说登泰山的感受吧。"辛弃疾喝了口茶，润润喉咙，说道："我第一次登泰山的时候，祖父带着我在山顶上向南眺望，给我讲了孔子在泰山看到吴国的故事。当时，我把眼睛都看花了，也没有看到吴国的模样。祖父告诉我，到能够报效国家的时候，自然就看到了。后来，我成年后再次站在泰山之巅，极目四望，再无遮挡。苍穹之下，无边无际的大地仿佛缩小成眼前的一幅图画。我突然间就明白了祖父的话。"辛弃疾稍稍停顿，以便给陆游留下想象的时间。接着，辛弃疾说："为了看泰山的日出，我们在山顶上的一座石屋内住了一宿。尽管是夏天，泰山顶上还是很冷，我们几个人挤在一起，还是冻得瑟瑟发抖。不过，看着一轮红日在东方的云霞中慢慢升起，顷刻间光照九州大地，真的是可遇不可求的人间美景……"

　　辛弃疾又讲起了来泰山封禅的帝王们的奇闻异事，讲起了文人来泰山时留下的诗文。茶水续了一杯又一杯，朋友说了一段又一段。陆游听得兴起，猛地站起来说："你说得太好了！这大好河山落入金人之手，真的是让人痛心疾首！但愿官家早日下令出师北伐，平定中原，收回这大好河山。我想，待到天下大定之日，亦是官家东封泰山之时。到时候，我就是走不动了，也要学会神仙的飞升之术，到泰山上去看看！"辛弃疾也激动地站了起来，说道："一言为定！"两双手紧紧地握在了一起。

陆游来到书案前面，铺纸研墨，笔走龙蛇，顷刻间，一首新诗一挥而就。诗的名字叫作《客有言太山者，因思青城旧游有作》，在诗的后半部分，诗人这样写道："有客谈泰山，昔尝宿石室。夜分林采变，旸谷看浴日。九州皆片尘，盛夏犹惨栗。我闻思一往，安得飞仙术？但愿齐鲁平，东封扈清跸。"

陆游虽然一生未曾亲临泰山，但他在多首诗篇中描绘了泰山壮美的景色，并把泰山当作实现复国梦想的精神依托。

4. 名士诗咏泰山女儿茶

远古时代的泰山并没有茶这种饮品，直到唐代开元年间，灵岩寺来了一位降魔禅师，他经常为熬夜学禅的人烹煮茶叶提神。后来，随着泰山香社的兴起，人们把为香客免费提供茶水视为功德，泰安一带也渐渐形成了饮茶的习俗。

泰山扇子崖下有一处名叫青桐涧的峡谷，谷中生长着许多青桐树，峡谷即以此命名。泰山附近的山民会到青桐涧采摘青桐树的嫩芽制成茶叶，再搭配泰山泉水饮用，后来成为泰山当地著名的饮品。据说此茶在冲泡之后，颜色青翠碧绿，叶形娇美，犹如深藏在泰山幽谷中的美人，于是便有了"女儿茶"一名。明万历年间文士李日华《紫桃轩杂缀》中这样记载："泰山无茶茗，山中人摘青桐芽点饮，号女儿茶。"自此之后，文人墨客游览泰山的时候，留下许多与茶相关的诗文。明万历时泰安诗人宋焘在《我思泰山高》一诗中写道："携我寻真者，酌彼以青筒（桐）。至味元无味，恬然自无穷。"

清代乾隆年间，有一位浙江诗人叫桑调元，他在乾隆十九年（1754）游览泰山的时候，友人送给他一盒新制成的女儿茶。按照友人传授的泡茶办法，桑调元先用铜壶煮沸泰山泉水，再将女儿茶放入煎煮，几分钟后，把茶水倒入茶杯。桑调元端起杯子，一饮之后，回味无穷，赞不绝口。于是，他写下了一首《女儿茶》诗："阴崖摘且焙，片片青桐芽。携将圣母水，烹取女儿茶。"在另一首《白鹤泉》诗中，他又写道："青桐芽自春前采（原注：惟岳中岩谷有此茶），试汲铜瓶活火煎。"两首诗中，桑调元都写到了烹泉畅饮女儿茶的场景。

5.《水浒传》里的东岳庙会

话说有一天清晨，施耐庵正在泰安城里闲逛，忽听得一群人吵吵嚷嚷向前走去，一打听，原来今日正是三月二十八，东岳泰山神的生日，岱庙里有打擂活动。施耐庵一听便来了兴致，跟上人群一起进了岱庙。

此时正值庙会期间，岱庙里人来人往，好不热闹。有玩杂耍的，有卖糕饼的，正像一个熙熙攘攘的大集市。时间虽早，可正中大殿前却早已是人声鼎沸、水泄不通了，甚至连两边屋梁上都坐满了人。人们都伸长了脖子向大殿前面的露台望去，时不时有喝彩声传出。

施耐庵拨开人群，挤向前去，好不容易来到了露台边上。只见台上有两人，一名壮汉打着赤膊，腰间系着一条大红色长巾，另一人身形稍显单薄，一身青色紧身衣，干净利落。两人分别站在露台两边，眼盯对方，身子动也不动。正紧张的时候，那瘦削的青年似是站立不稳，左脚一个趔趄，身子跟着一歪。说时迟那时快，壮汉几步抢过来抬脚便向青年的腹部踹去。那青年口里喊了一声"好！"，却把身子向旁边一侧，躲过了这一脚，手从壮汉的左胁下穿过去。壮汉扭身来抓，却终是不及青年身形灵活。但见那青年已一手扭住壮汉胸前衣领，一手从壮汉裆下穿过，又用肩膀顶住壮汉的胸脯，大喝一声，把壮汉托举起来，转了两圈，扔下台去。周围人群立刻爆发出雷鸣般的掌声和喝彩声。那青年站在台上，向周围人群抱拳致谢。台下壮汉则在几个年轻后生的簇拥下狼狈而去。

施耐庵扭头向身边的人询问道："这是在做什么？可有什么说法？"被问之人诧异地看了一眼施耐庵，答道："先生一看就是从外地来的，难道不知道泰安有名的东岳庙会？这便是岳庙打擂！"

原来每年东岳大帝诞辰这天，岱庙里都会举行庙会，各地商贾云集此地，热闹非凡。泰安地区自古尚武，打擂是庙会的重头戏，也是吸引香客和游客的一种手段。

此时又是一阵喝彩声响起，施耐庵回头望去，却是擂台比武的主持人在向刚才获胜的青年颁发奖品。施耐庵不看不知道，一看吓一跳，怪不得这打擂能吸引这么多人参加，原来奖品十分丰厚：金银器皿、绫罗绸缎、高头骏马、全副鞍辔……都是好东西。每发一样，台下便是一片喝彩声，每个人的脸上都露出了艳羡的神色。

施耐庵挤出人群时已经出了一身汗，后面还有人不断地向前拥去。耳边传来另一阵叫好声，原来又有一对选手登台打擂。施耐庵看着眼前如痴如狂的人群，心中一动，想起正在创作中的《水浒传》，心想如此精彩的场面，不写进故事里去岂不是可惜？于是他匆匆忙忙离开岱庙，赶回客店，把刚刚在东岳庙会上的见闻写入书中，于是便有了燕青打擂的桥段。

6. 唐僧师徒经石峪晒经

泰山斗母宫东北有一片两千多平方米的缓坡石坪，上面用隶书刻着《金刚经》。据说，这石坪上的经文就是唐三藏师徒西天取经时留下的呢。

当年，唐三藏、孙悟空、猪八戒、沙和尚师徒四人取经途中路过泰山经石峪。当时峪中水流湍急，河面广阔，四周既无人家，更无船只，师徒四人犯了难，这可如何过河？正在左右为难的时候，四人突然看到波涛汹涌之中有一只巨大的乌龟缓缓地游到了他们面前，且道："三藏法师，我知您欲往西天取经，只要您答应我一件事情，我驮你们四人过河便是。"唐僧道："是何事情，但说不妨。贫僧乃佛门中人，助人乃分内之事。"巨龟继续说道："多谢法师。其实你我俱为佛门之人，我本西天如来座下灵宠，因犯了戒律，被佛祖贬出大雷音寺，如今已经千年。大师到了西天之后，能不能替我向佛祖求个情？好让我重回雷音寺，继续聆听佛祖教诲。"说话间，巨龟红了眼眶。唐僧一听，自是满口答应："定不负所托。"于是四人走上龟背，让巨龟驮着过了河。师徒四人又继续踏上了西天取经之路。

待到多年以后，师徒四人取得真经归来，再次路过经石峪，却见那巨龟早已在此等候。唐僧一看，心道："坏了，这可如何是好？我把那乌龟嘱托之事忘了个一干二净！"巨龟看到四人，满怀希望地问道："大师，可曾向佛祖美言？小龟几时才可返雷音寺？"唐僧连忙道歉："给你赔罪了。贫僧师徒四人一路重重磨难，历尽艰险，几度死里逃生，到了西天竟忘了将此事说与佛祖了。"巨龟一听，内心的期盼落空，顿时失落万分，便决定要报复一下师徒四人。巨龟不动声色，道："无妨，也许是归期未到，佛祖有意磨炼小龟吧。还请再上我背，我驮你师徒过河。"

师徒四人哪里知道乌龟不安好心，还以为乌龟大度呢，心下更是惭愧不已。不一会儿，巨龟便驮着四人游到了水流最湍急的地方，只见它脖一缩爪一蹬，身子一用力，就把师徒四人连带取得的真经一起掀入了河中，然后沉入水底逃之夭夭了。幸亏孙大圣有本领，这才从河中把唐僧救了起来，把经卷捞了起来。辛辛苦苦取得的经卷早已被河水泡透，这可如何是好？没有办法，他们只好将经卷一页页拆开，摊在岸边的石坪上晒起来。经书晒得差不多了，四人去收时，却发现好多经书贴在石头上怎么也揭不下来了。后来，人们就把唐僧师徒晒经书的地方叫作"曝经石",把途经的山沟叫作"经石峪"。而那犯浑的巨龟也没逃出孙悟空的手掌心,孙悟空把它从河底揪出来,用如意金箍棒撬开了泰山的一角,将它压在了泰山东麓,据说,至今还没爬出来呢。

明隆庆年间(1567—1572),负责治理黄河、运河的万恭听说了这个故事,在经石峪刻了"曝经石"三个大字。明人张岱《琅嬛文集》中也记述了这个故事:"山峡中有石,五倍虎邱。传唐三藏曝经于此,又名曝经石。"

7. 才女扇子崖赋诗传千古

明朝末年的时候,泰山脚下有一户姓王的大户人家,因世代为官,家中有些积蓄。王家不仅有大量田地,在泰安城中也有不少商号,生活很是富裕。王家有三个儿子,都喜欢读书吟诗,舞文弄墨,也算得上是诗书传家。次子王无间性格豪爽,最爱以文会友,泰安城里的名流才子,几乎没有他不认识的。人们常常看到王无间和他们在一起吟风弄月,踏雪寻梅,极尽风雅之事。

王无间听朋友夸赞城西杨员外的女儿堪称才女,说这姑娘天生丽质,聪慧过人,不仅知书达礼,更有过目成诵、出口成诗的才能。说者无意,听者有心。尚未娶妻的王无间心中猛然一动,如果能与此女结为连理,平日里吟诗作赋,夫妇唱和,可谓是神仙眷侣了。王无间于是赶紧回家,与父母商量娶亲事宜。父母听了都说好,经过媒人说合,亲事很快就定了下来。

嫁进王家的杨氏果然名不虚传。她孝敬公婆，友睦弟兄，与无间恩爱有加，一家人的日子和和美美。无间婚后，常有文人朋友慕名拜访，希望一睹才女风采。杨氏落落大方，热情款待，每每与大家唱和诗文，让众人赞叹不已。朋友都说杨氏的文采比无间高，并用李清照和赵明诚的故事，打趣无间夫妻二人。

此时的泰安城正处于甲申之变的前夕，局势动荡，人心惶惶。泰山深处的扇子崖地势险要，人迹罕至。熟悉当地环境的王家人在这里建起房屋，搭盖草堂，存足粮食。一旦有变，全家人立即躲进山里。果然，崇祯十七年（1644）三月十九日，李自成攻陷北京，天下大乱。泰安城内的败兵盗匪走马灯似的来了一波又一波，终日里杀声不断，老百姓纷纷四散逃难。早有准备的王家人悄悄地来到扇子崖，远离刀兵之灾，在这里安顿了下来。

转眼间冬去春来，在阵阵暖风里，草色转青，枝头泛绿，向阳的山坡上绽放了几朵粉红的桃花。湛蓝的天空中划过几只飞鸟的影踪，留下一串串银铃般的鸟鸣声。无间和杨氏坐在扇子崖旁的一棵老松树下，望着这无边的春色，不禁陶醉其中。杨氏即兴赋诗道："草堂二月春色回，庭外桃花半未开。景色撩人眠不就，东风又送鸟音来。"王无间听了，连声称赞。他说杨氏的诗写得太好了，让他忘记了自己是在避难。

可惜，这样一位才女三十三岁就离开了人世。杨氏的离世，让王无间悲伤万分，自此再无吟诗作赋的心情。泰安城中的名士听说她去世后，也都深感惋惜，纷纷写诗悼念她。有位名叫李雨霑的进士称赞杨氏才情堪比谢道韫，是难得的"咏絮"之才。

8. 蒲松龄游泰山为秦松作赋

清康熙十二年（1673）一个细雨迷蒙的日子，三十四岁的蒲松龄登上了泰山。站在五大夫松前，他久久凝视着老树的树皮，陷入了沉思。

五大夫松是中国历史上第一株被皇帝封爵的树。当年秦始皇封禅泰山后，在下山途中遇到暴风雨，便把这株为他挡风遮雨的树封为"五大夫"。一棵树，仅仅因为给皇帝遮了雨便能被加官晋爵，而自己空有才华却屡试不中。想到这里，蒲松龄不由得感慨万千。

不知是不是因为站立太久了，蒲松龄一阵眩晕，眼前的秦松竟幻化成一位高大英俊的男子。蒲松龄忍不住对着他倾诉起来："我十九岁就考中了秀才，在同龄人中也算是有名的才子了。本以为这一生可以仕途顺利，为国家出力，谁知道乡试接连失利，使我的抱负无法施展。"

顿了顿，蒲松龄继续说道："你在这世间停留了如此漫长的岁月，会觉得孤独吗？看着热闹的人群来来去去，你会不会心有不甘？"

对面的男子微微颔首："秦始皇登泰山之前，我就已经生长在这里，不知道经历了多少朝代。我被冬日寒冷的劲风吹过，也被夏季酷热的阳光晒过。我看到瑶池的花朵开了又谢，也见过蓬莱之水浊了又清。眼见自己从意气风发，到现在的垂垂老矣，这世间再没什么能打动我的心，让我为之激荡，为之雀跃了。"

蒲松龄又问道："那你一定见过皇帝封禅的场面吧，是不是特别震撼？皇帝乘坐着装饰华丽的车辆，被长长的队伍簇拥着。队伍所到之处，衣服上的香味盖过了草木的气息，鞋子踏过的野径变成了平坦的大道。你怎么看待这些荣耀呢？"

男子笑道："多少人穿着金玉装饰的衣裳，铺开漫山的旌旗，声势浩大地登上泰山来炫耀自己的威权，可是他们的政权转眼就土崩瓦解；多少人趋炎附势，希望自己能够恩宠不断，家族也能跟着鸡犬升天，可是下山不久就身扛枷板；多少人祈求长生成为仙人，却挡不住鬓生白发，最终腐烂在草丛之间。生前无论享受过多少功名利禄，死后也不过是一堆黄土罢了。"

男子又说道："世人都羡慕我命好，只因一点小小的无意之举就被皇帝亲封了爵位，可是他们哪里知道，我并不稀罕这些所谓的荣耀，我追求的是高尚的品格。这世间虽有媚上奉迎的小人，可也有像鲁仲连那样坚持正义不肯侍秦的义士、田横那样不畏强暴坚决抗秦的壮士。他们都能够不畏惧权力，保持自己高洁的品格，何况我呢！"

蒲松龄被这铮铮的言语震住，定睛再看时，面前哪有什么男子，只有一棵老松挺立在细雨中，枝干虬曲苍劲，独立于天地之间。蒲松龄仔细整理了一下衣襟，向老树恭敬地施礼后下山而去。回到客栈，蒲松龄提笔写下了《秦松赋》，赋中的秦松久经风霜而又清标独耸、卓尔不群："秦虽以我为大夫，我固未尝为秦大夫也。为鲁连之乡党，近田横之门人，高人烈士，义不帝秦。秦皇何君？而我为其臣！"

9. 聂剑光作《泰山道里记》

　　清乾隆二十五年（1760）正月初一早晨，太阳刚刚升起，泰安城里的鞭炮声就响成一片。人们都早早地起来，煮饺子，放鞭炮，然后相互登门拜年。而这时有个人从城北门里走出来，背着书箱，向泰山走去。望着此人远去的背影，一个守城的年轻士兵问旁边的同伴："这是谁啊？不在家过年，背着书箱上山？"同伴说："你刚来，肯定不认识。他是泰安有名的文人，叫聂剑光。他为了写一本泰山的书，近来天天上山。我听人说，他给自己定了每日抄录山上刻字的数目，完不成，不下山。"年轻的士兵说："他可真是个怪人。"同伴说："怪人？这叫有志向。像他这样，何事不成？"

　　城门楼上两个守卫士兵的话，聂剑光自然是听不到的，

《泰山道里记》书影（孙家峰供图）

此时他的精力已经全部集中在眼前石碑的文字上了。自幼生长在泰山脚下的聂剑光，对泰山有着深厚情感。当他翻阅前人撰写的有关泰山的文献的时候，发现很多记述或者模糊不清，或者以讹传讹。于是，聂剑光立志自己撰写一本与之前所有书籍都不相同的泰山书。

　　对于古人留下的文献资料，

聂剑光精心搜集，反复论证，应用到新书的撰写之中。聂剑光的好友刘其旋曾经这样评价他："聂剑光喜欢自然山水，尤为爱好刻石文字。他收藏了很多与泰山相关的文献，每当看到珍贵的书籍必然全力购买，哪怕没有钱吃饭，也要先把书买下来。"除了搜集前人文献之外，聂剑光还实地考察记录，以求获得关于泰山的第一手资料。为了让自己所撰书籍的历史依据充分确凿，聂剑光查阅了大量的史料，并反复求证。就这样，聂剑光从乾隆八年（1743）动笔，到乾隆三十七年（1772）定稿，用了三十年的时间，其间四次推翻重来，终于写成了《泰山道里记》一书。

《泰山道里记》以其开创性的地理学价值，在泰山历史文献中享有盛誉，是一部影响深远的人文地理著作。聂剑光能够以超前的眼光审视泰山，以科学严谨的方法、求真务实的精神"考一山之迹"。他的《泰山道里记》将与泰山一起被后世铭记、传承。

10. 唐仲冕著《岱览》

清乾隆五十八年（1793）的一天，唐仲冕终于写完《岱览》的最后一个字。他放下手中的毛笔，来到院中，活动了一下有些僵硬的四肢。书童小石头听到声音，跑了过来。唐仲冕对小石头说："快去把李孝廉请来，告诉他，我的书写完了。"小石头一听，乐得都跳了起来。"太好了，我家老爷的书写完喽！"说完，他一溜烟儿地跑了。

不一会儿，李孝廉满面春风地来到了。唐仲冕早已备好香茶，在书房等着他呢。李孝廉拱手道："兄十二年呕心沥血，今日大功告成，真乃可喜可贺！"唐仲冕躬身还礼道："全靠李孝廉鼎力相助。没有您的那些珍贵藏书，我成书的日子还早着呢。"两个人一边谦让着，一边在书房落座。李孝廉喝了一口茶，问唐仲冕道："前人留下的泰山文献汗牛充栋，仅我家收藏的与泰山有关的书籍就不下百卷。您为何还要十二年不问窗外之事，一心专著泰山书呢？"唐仲冕放下手中的茶碗，清了清喉咙，答道："李兄有所不知。小弟在乾隆四十六年（1781）应邀主持泰山书院。后蒙泰安知县黄钤黄大人栽培，召我协助重修《泰安县志》。在这个时候，我发现历史上描写记录泰山的文献资料虽然很多，但是全面、准确、权威的很少。有的只是记述了泰山的某一方面，还有的看似内容丰富，却杂乱无序，叙述简单，并且有许多遗漏。"李孝廉点点头，说："原来是这样，于是你就……"唐仲冕接过话来，说："是的，我就想自己写一本能够记录泰山全貌的书。"

说到激动之处，唐仲冕不禁站了起来，说道："我效仿《史记》《汉书》的体例笔法，参考655种前人留下的文献，搜集整理泰山刻石776处。以前的泰山书籍对泰山刻石的记录非常简单，大多只是记录名称，碑文几乎没有收录的。这一次，我收录明代之前的石碑，并把碑文一并收入书中，它们可都是宝贝啊！"李孝廉也站起身，拉住唐仲冕的手说："你可是为泰山做了一件大好事啊！"唐仲冕也握住李孝廉的手，说："不管怎么说，今天，我终于了却了自己的一个心愿。"

又过了一年，唐仲冕担任海州知州，在任上将《岱览》刊刻成书，从此此书传播天下，成为泰山古志中最为详尽之作。

11. 王价藩父子辑《泰山丛书》

1934年3月，六十九岁的王价藩病逝于泰山脚下。当时在泰山隐居的冯玉祥将军得到消息后，立即送来一副挽联，以示哀悼。王价藩的儿子王次通展开挽联，轻声地读道："著作名山至老不知犹好学，感伤逝水考终有命自归真。"望着父亲灵前画像，王次通含泪说道："父亲，您听到了吗？这是冯将军说给您的话。您的未竟事业，儿子将继续完成，您就放心吧。"

王价藩是一名泰山学者，他十八岁开馆授书，二十五岁考中秀才，乡试不中后，便专心教授学童，晚年致力于泰山文献的搜集整理工作，在即将有所成就的时候，不幸去世。

在王价藩的眼中，收藏书籍永远是第一位的。为了书，他什么都可以舍弃。一次，家里断粮了。王夫人找出几件衣服，让王价藩拿到典当行，换钱买粮。怀揣典当衣服得来的七百文钱，王价藩在买粮的路上突然停下了脚步。他的目光被书摊上一本珍贵的泰山书籍吸引住了，一问价格，六百七十文。这下王价藩可为难了，一方面家里正等米下锅，另一方面这本书又极其难得。最后，他还是咬牙掏出六百七十文钱，把书买下来，用剩下的三十文买了粮食。

有时，王价藩也会遇到不出售或者自己根本买不起的书籍。在这种情况下，王价藩和儿子王次通自有解决之道——抄！有一次，王价藩偶然在济南图书馆发现了四卷原刻本《泰山述记》，这是他所没有的。于是，他多次前往济南抄写，直至抄完。而王次通在学校图书馆看到了十卷本的《泰山述记》，全部抄录后寄给父亲。就这样，王氏父子前后用了八年的时间，终将《泰山述记》搜集完整。

王价藩病逝后，王次通将父子两代人四十余年间所得泰山文献一百八十多种，编辑成《泰山丛书》，并于1936年刊印《泰山丛书》第一集。王价藩父子的《泰山丛书》不仅保存了大量泰山文献，更让泰山文化薪火相传。

（二）艺苑传芳

1. 孔子遇见隐士荣启期

孔子一生多次在泰山及其周边活动。有一次，孔子带着弟子们前往泰山游历。当他们到达郕（今山东宁阳县东北一带）野外的时候，忽然听到前方有人在边弹琴边唱歌。在荒郊野外听到琴声、歌声，孔子很是诧异，于是他马上朝着歌声传出的地方走去，弟子们也赶紧跟了上来。

到了歌声发出的地方，出现在孔子面前的是一位老人。只见他穿着鹿皮做的衣服，腰间系着一根草绳做的衣带。老人须发皆白，面带微笑，一边抚弄着面前的琴，一边歌唱，琴声淙淙，歌声嘹亮。孔子生怕打断老人的歌唱，静静地站立在一旁。孔子心想：从老人的穿着打扮来看，生活有些清苦，可是他为什么这么快乐呢？待到一曲终了，孔子忙上前施礼问候，得知眼前的老人是荣启期。孔子知道荣启期是高士，于是向他请教道："我听先生的琴声和歌声里都充满着快乐之情。是什么让先生如此快乐？"

荣启期回答说："这世间让我快乐的事情太多了，这其中有三件事是最令我开心的：自然生养万物，只有人最高贵，而我能够生而为人，这是我的第一个快乐；人世间男女有别，人们以男子为贵，而我幸为男子，这是我的第二个快乐；有的人出生后还没有见到太阳月亮，没有离开襁褓就夭折了，而我已经活了九十多岁，这是我的第三个快乐。"看着还在思索的孔子，荣启期接着说："贫穷是士人的本色，死亡是人生的终点。用一颗平常心去面对人生的起起落落，世间哪里还会有什么忧愁的事情呢？"

孔子听完荣启期的话，深有感触，不禁连声赞叹道："好啊！好啊！先生讲得太好了！您真是一个善于自己宽慰自己的人，真是知足常乐啊！"

2. 曾子思念亲人作《梁父吟》

曾子年少时家境贫寒，为了奉养父母，他常常要亲自下田耕种，尽力劳作。曾子非常擅长经营田地，他根据各片田地的肥瘠不同和一年四季的变化来合理安排，总有各种美味的食品供养父母。

有一次，曾子在梁父山下耕种，遇到了雨雪交加的恶劣天气。阴云密布的天空，一会儿细雨霏霏，一会儿漫天雪舞，刺骨的寒风裹挟着雨雪，不停地打在曾子的脸上。曾子看着被积雪覆盖的泥泞道路，伸出一只脚试了试，路面上带雪的薄冰一下子就碎裂了，下面是稀烂泥浆，冰凉刺骨。接连不断的雨雪，已经让大地像块吸饱了水的海绵，轻轻一碰，就渗出水来。曾子抬起头，望着灰蒙蒙的天空，自言自语："这样的天气已经一个月了，道路阻断，天寒地冻，不知道家里的父母怎么样了？我久不归家，不知道他们的粮食够不够吃，衣服暖不暖和？这么长时间没给他们送个信，二老不知有多担心。我那年老的母亲啊，她一定会站在村口，天天朝着我在梁父山耕种的地方眺望吧。儿不回家，不知你们的身体可好？这么冷的天，家里还有柴草烧吗？父母把我养大，可我却有家难回，不能反哺报恩。老天爷啊！看不到父母，你知道我有多担心吗？"

曾子越想越是不安，于是就把心中对父母的种种牵挂，情真意切地吟唱出来。风越来越急，雪越来越大。曾子的身体已经冻僵了，可是他的目光仍然朝向家的方向，凝望，吟唱。

曾子这首感人至深的《梁父吟》，让听者无不动容，很快就在泰山周边流传开来。三国时期，诸葛亮极为喜欢《梁父吟》，而《梁父吟》也凭借着诸葛亮的名气声名远播。

3. 伯牙子期与高山流水亭

泰山经石峪那里有一座"高山流水亭"，游山至此，在亭中小憩，凉风习习，疲劳顿时一扫而空。传说此地为俞伯牙和钟子期结为知音之处。

话说，春秋时期有个叫俞伯牙的人，擅长抚琴，是当时数一数二的琴师。俞伯牙年轻的时候喜好音律，后拜成连为师，学习音律。学了三年，琴艺却始终没有太大的提升。成连看到这种情形后，就让他到东海之上的蓬莱山，观潮起潮落，看日升日落。俞伯牙举目望去，只见波涛汹涌，浪花四溅；群鸟翻飞，鸣声不绝；绿水青山，生机勃勃，如同仙境一般。他沉醉其中，情不自禁地取琴弹奏，不觉把大自然的美妙融进了琴声。在这一刻，俞伯牙体验到了一种前所未有的境界，他把弹奏的这首曲子定名为《水仙操》。而此时，老师也欣慰地对他说："你已经学会了。"

学琴大成的俞伯牙来到泰山，突遇狂风暴雨，连忙跑到一处岩石之下避雨。暴雨过后，俞伯牙见这山水之间有别样的风景，不禁技痒，就把随身携带的琴拿了出来，坐在地上，弹奏起来。一曲奏罢，突然耳边传来喝彩声："好，弹得好！"俞伯牙闻听，抬头一看，见不远处的山崖下有个樵夫立在那里，看样子也是为避雨而来。俞伯牙问道："你一个樵夫也能听懂我的琴声？"樵夫答道："回阁下，小人虽然不懂弹琴，但略知一二。我正是被阁下的琴声吸引而来的。雨停之后，本欲继续打柴，忽闻阁下的琴声传来，不觉听上了瘾。方才贸然叫好，惊扰到了阁下，实在抱歉。"俞伯牙觉得此人谈吐非凡，顿生结交之心，于是又继续问道："你既然能听懂琴声，可知我适才弹的是什么曲子？"樵夫道："那小人就斗胆了，阁下刚才所弹分为两段，乃是您今日经历之所感。第一段志在高山，所以您的琴声像泰山一样巍峨高大，气势雄伟！第二段志在流水，所以那优美的旋律就像江河一样汹涌澎湃，奔流不息！"听到这里，俞伯牙再也坐不住了，他推琴而起，一揖到地道："真是有眼不识泰山，适才轻慢阁下，还望海涵！我一生遍访知音不遇，没想到今日得遇先生，真是不虚此行。哈哈哈，有先生做我的知音，此生无憾了！"

"操琴者俞伯牙。""听琴者钟子期。"二人互道姓名后相视大笑。俞伯牙又道："刚才所弹之曲就叫《高山流水》吧，纪念你我二人于此结为知音。"钟子期欣然应允。二人从此成为至交好友。钟子期去世后，俞伯牙认为这世界上再也找不到懂他的人了，于是就把自己最钟爱的琴摔碎，再也没有弹过琴。后来，人们就用"高山流水"来比喻知音难寻或者乐曲高妙，而伯牙、子期也成为传诵千古的至交典范。

《高山流水亭石壁记》题刻（王德全摄）

明代隆庆六年（1572），

南昌人万恭主持治河。万恭好琴，听说了伯牙、子期在经石峪结为知音的故事之后，便在经石峪高岭上修建了"高山流水亭"，撰写《高山流水亭石壁记》，以示纪念。

4. 高文秀游泰山作杂剧

话说戏曲作家高文秀最近比较清闲，恰逢泰山东岳庙会日期临近，他决定到泰安逛逛庙会，爬爬泰山。于是，高文秀离开东平，顺着官道，一路奔向泰安。

三月二十八是泰山神的生日，每年的这个时候，泰山脚下的岱庙里都要举行东岳庙会。来自天南地北的善男信女云集在东岳庙会上，焚香祷告，献艺献技，为泰山神庆生。庙会期间，是泰山一年中最热闹的日子，更是吸引了周边无数的百姓。

午后，高文秀看到一座大山远远地屹立在前方。"快看，那就是泰山！"身旁的行人兴奋地喊道。这是高文秀第一次见到泰山，这个印象深深地留在了他的记忆中。前行不久，他们就在路边遇到了招揽生意的客店伙计。高文秀向他们打听了一下，知道了这里叫作"火炉店"。火炉店在泰安城西，离岱庙很近，游人们在这里住宿歇脚，翌晨出发不耽误逛庙会。

第二天，高文秀离开火炉店，来到泰安城。岱庙位于城中心北部，外地人来逛东岳庙会，住在岱庙前"草参亭"附近最为近便，所以这里的客店早早就住满了，即便有空房，那也多半是给多年相熟的客人留下的。几经周折，高文秀总算是抢到了一间房，放下行李，开开心心地逛庙会去了。

在庙会上，高文秀看到了数不清的俊男靓女，还有变戏法的、玩杂耍的、卖狗皮膏药的江湖艺人，更有衣不遮体的乞丐、横行霸道的泼皮无赖、圆滑世故的商贩伙计等等，真是三教九流，五行八作，各色人等，一应俱全。东岳庙会上最精彩的，当数打擂博彩，这给高文秀留下了极其深刻的印象。

看完庙会的第二天，高文秀登上了泰山。与昨天东岳庙会上的喧哗热闹不同，登泰山对于文人而言犹如朝圣。品读着前人留下的刻石，欣赏着眼前美丽的风景，高文秀慢慢觉得自己离泰山越来越近，他的内心深处仿佛捕捉到了什么：既然可以从前人的文字中了解过去，为什么不借前人之口诉说现在呢？

高文秀回到东平后，立即以泰山为背景，以水浒好汉李逵为主要人物，开始了杂剧创作，《黑旋风双献功》杂剧就此问世。

5. 姚鼐登泰山

在攀登泰山的文人当中，姚鼐是一位非常独特的登山者，因为他选择了在除夕当日登山。

乾隆三十九年（1774）十二月，姚鼐离开北京南下。除夕当天，姚鼐在老同学泰安知府朱孝纯的陪同下登上泰山。虽是冬日，黑色的山峰上覆盖着银色的白雪，却也映照得南边的天空一片通明。从山上看下去，大汶河、徂徕山像美丽的画卷，半山腰飘忽来去的雾气又仿佛仙人的腰带缠绕不断，美丽的泰山给姚鼐留下了深刻的印象。

第二天，两个人早早来到了日观亭等待日出。山顶上雾气很重，一直弥漫到脚下，抬眼四望，勉强可以看到云海中露出的高高低低的几十个山尖。姚鼐沉默不语，朱孝纯更是一肚子的话不知该从何说起。旁边的这位老同学，身为桐城派的代表人物，在文学造诣上极受推崇，但十一年的宦海生涯使他身心疲惫不堪。好友的离世，学术上的争执，终于使得他决定辞官回乡，远离朝堂，专注于学问。这次回乡的路上，姚鼐专程到泰安作短暂的停留，一来跟老友叙旧，二来也是为了放松心情。

朱孝纯看看姚鼐，老同学的脸上并无多少忧虑，反倒有一种舒朗轻松的神色。"看来这些尘世纷扰他早就想开了，既然如此，就别再提那些不开心的事情，让他好好地欣赏泰山的美景吧。"想到这里，朱孝纯打破了沉默，呵呵笑着对姚鼐说："梦谷兄，你这次登山可是选对了时间啊。你可知这泰山上最为有名的奇景是什么？""哦，子颖兄，我们一大早就坐在这里，冒着寒风，等的又是什么呢？"两人不约而同哈哈大笑起来。

作为泰安知府，朱孝纯对泰山的典故知晓颇多，于是向姚鼐介绍道："古人登泰山看日出有三遇之说，即正月无雨，海晕不升，此一遇；春秋气爽，新霁无尘，此二遇；仲冬雪后，晓绝云烟，此三遇。在这三个时间点登临山顶，欣赏到壮美的泰山日出的可能性极大。而今日我们来此，正值寒冬腊月，又逢大雪初歇，山顶一片银装素裹，正是'三遇'之中的'仲冬雪后'，是观日出、赏美景的好时候。"

两人正闲聊着，云天交接之处，一抹亮丽的玫瑰色极速铺展开来，转瞬之间就把云海染得五彩斑斓。一轮红日从云海中跃出，云海变成了红色的光焰，摇摇晃晃，承托着弹丸一样的太阳。姚鼐向日观亭以西的群峰望去，被阳光照到的地方灿灿地发着光，没照到的地方还处于阴影之中，披着红霞的山峰与盖着白雪的山头交错，仿佛也在向这辉煌的太阳顶礼膜拜。

姚鼐这次登泰山，玩得极为尽兴，下山后，他写下了流传千古的名篇《登泰山记》。

6. 李健吾雨中登泰山

1961 年，作家、戏剧家李健吾来到了泰山脚下。"终于要登上泰山了！"李健吾难掩心中的激动。他对泰山向往已久，遥观而不能亲至，总觉得是天大的遗憾。为了弥补这个遗憾，李健吾决定真正爬一次泰山。谁知天公不作美，到了约好的出发时间，泰山上却下起了雨，一滴一滴，淅淅沥沥，落在地上，砸在心上。

好不容易等到中午，天色转白，李健吾手一挥，喊一声"走吧！"，带领着年轻人兴致勃勃地向着岱宗坊出发了。雨后的泰山被洗刷得越发美丽，薄薄的烟雾更为古老的泰山蒙上了一层神秘的面纱。

沿着岱宗坊、虎山水库一路向上，李健吾一行说说笑笑，边走边看。雨势大了就就近找地方休息，雨势小了就抓紧时间赶路。年过半百的李健吾这时候兴奋得像个孩子，泰山的美景让他目不暇接：虎山水库的瀑布像一匹绮丽的黄锦，七真祠的塑像美得让人忘记了时间，十八盘远眺仿佛一条灰白的大蟒，乌云四合下的泰山宛如一幅水墨山水……泰山上的一点一滴、一草一木，悄然而清晰地印在了李健吾的脑海中。

泰山的松树仿佛墨绿的大伞，山上的石头姿态各异，阳光掠过，缭绕的云雾像镀了金边的银色波涛，就连叫不上名字的野花也让李健吾心生欢喜。十八盘的险峻让李健吾产生了畏惧之情，然而他抓着石阶两旁的铁扶手，硬是一步一步登上了南天门。双腿颤抖不已，心中却充满了征服的快感。最艰难的路程已经走过，平整宽阔的天街让他感到轻松和愉悦。

因为这场雨，李健吾一行没能看到著名的泰山日出，却观赏到了另一番美景，"看到有声有势的飞泉流布"。这一次的登山之旅，"有雨趣而无淋漓之苦"。在李健吾的眼中，泰山的水和雨一样多情，一路相陪，给旅程平添了几分情趣。

下山之后，李健吾即发表了散文名篇《雨中登泰山》，并被选入中学语文课本，一直流传至今。泰山是五岳之首，从古至今，赞颂泰山的诗文数不胜数，李健吾的《雨中登泰山》却从一个全新的角度描写了雨中泰山的别样风韵，用细腻的笔墨为泰山描绘了一幅工笔画。

四

传说泰山

泰山及泰山文化发展变迁的几千年间，劳动人民创作了数量庞大、历史悠久、内涵丰富、流传广泛的泰山传说故事。泰山风物、遗迹、名药等传说历史悠久，内容丰富，题材多样，情节曲折，从中可体验泰山文化，感受泰山文化的内涵。

（一）名胜逸事

1. 吕祖飞蚬岭度黑蚬成仙

　　泰山王母池附近的梳洗河内有一处水湾，这里风景秀丽，曲径通幽，宛如人间仙境。

　　相传这水湾里住着一条蚬龙。蚬龙心性善良，经常兴云布雨，使泰山一带风调雨顺、五谷丰登。所以，老百姓都非常感激他。

吕祖洞

　　八仙之一的吕洞宾游仙至泰山时，被这里的景色深深吸引，于是决定在水湾下面的山洞里修炼。

一个月明之夜，吕祖望着天上皎洁的月亮，听着潺潺流水声，不由诗兴大发，于是便即兴在水湾东边小山头的崖壁上大书特书起来。这下可把住在小水湾里的虬龙高兴坏了。

虬龙自从看到吕祖在此修炼后就激动不已，因为吕祖乃是真仙，而自己已在这里修行了千年，只差真仙点化，就可以飞升成仙了。于是，虬龙决定在吕祖今日兴起之际，去碰一碰运气。所以，虬龙趁着吕祖正写得高兴的时候，化作一个孩子在吕祖身后吟诵起崖壁上的诗句："朝游北海暮苍梧，袖里青蛇胆气粗。三醉岳阳人不识，朗吟飞过洞庭湖。"

吕祖此时正陶醉在作诗之中，听闻声音，回头一看，只见是一个小小童子正摇头晃脑地吟诵他所作之诗，看样子颇明诗味，顿时觉得这小童十分有趣，就跟他开了个玩笑，拿起毛笔在他眉心轻轻一点。这一点不要紧，刹那间天地变色，乌云蔽日，小童化作神龙飞腾而起，边飞边向吕祖谢道："感谢吕祖点化，定不忘大恩大德，继续为天下百姓造福。"吕祖其实早就知道虬龙在小水湾修行一事，自己也是前来助其飞升的，只不过没有点破而已。虬龙成仙之后，吕祖也离开了此地，前往下一个地方度化有缘人去了。

这桩美谈一直被后人传颂至今，他们还给水湾起了个名字叫"虬在湾"，把吕祖写诗的崖壁称为"飞虬岭"。

2. 白氏郎与万仙楼的来历

泰山中麓有一座跨道门楼式建筑，名为"万仙楼"。据说此楼的得名，还颇有一番来历呢。

传说当年吕洞宾为了降服穿山甲精，三戏白牡丹，骗白牡丹偷来了王母娘娘头上的玉簪。事发后，白牡丹被贬下天界，成了凡人，并与吕洞宾生了一个儿子，叫白氏郎。吕洞宾离开他们娘儿俩之前对白牡丹说，白氏郎有龙筋，长大以后能当皇帝，让白牡丹好好照顾他。白氏郎自小聪明伶俐，很是招人喜欢，但因为没有父亲的照拂，经常受到其他小朋友的欺负。

这年腊月二十三，白氏郎又被小伙伴欺负了。白牡丹正在做饭，就把一肚子怨气都撒到了灶王爷的身上："这些小崽子们太欺负人了！等以后我儿当了皇帝，非把他们一个个都杀了不可！"边说边抡起烧火棍向着灶王爷没头没脑地打了过去。

灶王爷白白挨了一顿揍，鼻青脸肿地跑到玉皇大帝那里告状去了。他把白牡丹的话添油加醋地说了一遍，然后对着玉皇大帝哭诉道："请玉帝为小仙做主，千万不能让那个白氏郎做了皇帝。"玉帝听信了灶王爷的话，于是派遣天兵天将在来年的龙王节去抽白氏郎的龙筋。

当天晚上，白氏郎做了一个梦。梦里一个白胡子老头对他说："你本是真龙天子，以后要做皇帝的。可惜你母亲说错了话，玉皇大帝要在龙王节那天派天兵天将来抽你的龙筋。你切记到时候无论怎么疼也不能叫出声。只要能挺过去，就能保住你的龙口玉牙，以后你还能说什么算什么。"白氏郎醒了以后，把这事告诉了母亲，白牡丹这才知道自己害了儿子，忍不住抱着白氏郎痛哭起来，可是一切都已经无法挽回了。

转眼间就到了龙王节。这天中午，天上忽然飘来一大片黑云压在白家院上，随即一声闷雷，白氏郎应声倒地，几个天兵天将便开始抽他的龙筋。白氏郎记着白胡子老头说的话，咬紧了牙关硬是一声没吭。等天兵们抽完了筋，他已经疼得昏死了过去。

从此以后，白氏郎恨透了灶王爷，连带着也恨透了其他的神仙，他发誓要把所有的神仙都扣押起来，以报此仇。白氏郎拿起了自己平时喝水用的葫芦，对灶王爷说道："灶王爷，要不是你向玉皇大帝告我母亲的状，我也到不了这个地步。你快快进我的葫芦里来！"话音刚落，灶王爷就化成一股青烟钻进了葫芦。

白氏郎于是辞别了母亲，拿着葫芦在名山大川之间游走，见庙就进，见神则收。就这样一路走一路收，不知不觉来到了泰山脚下。

万仙楼（王德全摄）

这天他正沿山路往上走着，迎面来了一位白胡子老头，笑嘻嘻地对他说："你还认得我吗？我是你的父亲吕洞宾。"白氏郎一看，这不就是托梦给他的老人家吗，原来是自己的父亲，于是倒头便拜，却忘了手里还攥着一个葫芦。葫芦掉到地上摔成了几瓣，葫芦里的神仙立刻连滚带爬地向旁边一个大石洞里挤去。吕洞宾对白氏郎说："你若是再这样收下去，不但你的龙口玉牙保不住，恐怕还会有性命之忧。这口气出到这儿就算了吧。"于是拉着白氏郎下山而去。

据说，石洞里挤的神仙实在太多，谁也出不去了，于是只好在泰山安了家。后来人们在石洞附近起楼建阁，并把这座楼命名为"万仙楼"。

3. 望夫女化作望人松

泰山朝阳洞附近住着一对靠打猎为生的猎户夫妇，二人比翼齐飞，举案齐眉，十分恩爱。他们秉性纯良，乐善好施，进山的人们无论来自哪里，无论碰到任何难处，他们都会倾其所有施以援手。有一次，丈夫外出打猎归来，带回两个失足滚落山崖的人，回家之后，呼唤妻子出来帮忙。妻子听到后从屋子里出来，看到这个情形后连忙问道："相公，这是怎么回事？"丈夫回答道："我也不知道，还没来得及问，不知他们为何失足掉落山崖。有一个腿受伤很严重，好在另外一人伤得不是很重，不然我一个人哪能带他们两个人回来。赶紧先救人吧。"妻子连忙为二人清洗伤口，并找来治疗跌打损伤的草药敷在伤口上，做完这些，又去灶上做了些野菜粥给二人吃了。夫妻二人这才问起二人是因何而来，又为何受伤的。

受伤较轻的一人说道："我二人来自工部治下的百工坊。百工坊是一个集合了天下顶尖能工巧匠的地方，我俩隶属建筑和园林的营造设计，我是花匠，他是石匠。素闻泰山乃神山圣山，所以我们特来寻找奇花异草和各种珍稀石材。今日在采集花草种子时，我二人不慎脚下打滑，双双滚落山崖，幸得猎户大哥所救，不然我二人定命丧黄泉啊。救命之恩如同再造父母，大哥请受花匠一拜。"说着就挣扎着起身，夫妻二人连忙拦住花匠，丈夫说道："二位不必客气，看到有人落难，我断没有见死不救之理。二位安心养病就是，千万别再说客气话。"自此，花匠和石匠就在猎户家暂时住了下来。时间过得飞快，转眼三个月过去了，二人的身体也恢复得差不多了。于是，石匠对花匠说："我二人伤也养得差不多了，是报恩的时候了。我想把上下山的道路全部凿开。一来，恩人上下山更方便；二来，也能让更多的人进山，游人来了，他们的日子也能更好过一些。"花匠说："那我就把收集到的那些奇花异草全部种在山间路边，等到来年就会鲜花满山，格外漂亮。"二人说做就做，很快，路通了，花种了，游人也来了，夫妻二人眼界大开，从来未曾想过自己的家乡会变得如此美丽。

花匠和石匠要回百工坊了，前来辞行时，丈夫说道："二位大哥，我有一事相求，不知二位能否答应？"花匠、石匠齐齐说道："恩人这是哪里话，我二人的命都是大哥给的，但说无妨。"丈夫接着说："你们二人用巧手改变了我的家乡。我想让我的家乡更加美丽，山前山后、山上山下都一样美丽，可是我又没什么本事。我跟我娘子商量好了，想跟随二位去百工坊学些技艺，学成归来，我就能把我的家乡建设得更漂亮了。"二人一听，说道："包在我二人身上，有我二人引荐，在百工坊想学什么都成。"

猎户告别妻子，随同二人前往百工坊学艺。一年，两年，三年……妻子每天都站在家门口的山坡上殷切盼望着丈夫能早日归来，可是，丈夫却始终杳无音信。日复一日，年复一年。春去秋来，寒来暑往。妻子就这样在山坡上盼望着，期待着。有一年冬天，一场突如其来的大雪淹没了她的身躯，她再也坚持不住了。冰雪消融后，她日日眺望的地方长出了一棵亭亭玉立的松树，长长的松枝如同手臂一样往外伸展着，像极了翘首企盼丈夫归家的妻子。

望人松（张振宗摄）

人们都说这棵松树是妻子变的，后人为了纪念她，为这棵松树起了个名字叫"望人松"。如今望人松仍然伫立在那里，向行人诉说着望夫女化作望人松的故事。

4. 舍身崖改名爱身崖

泰山极顶日观峰南边，有一处险峻的悬崖绝壁，崖边用石栏杆围了起来，栏内立有一块石碑，碑上写着"舍身崖"三个字。关于这处悬崖，民间一直流传着一个传说。

明朝时，泰山脚下有一家客店，以接待上山烧香许愿的香客为主。店主名叫徐大用，为人忠厚老实，是个热心肠。

有一天，一对父子前来投店。入住后，父亲一副心事重重的样子，不住地唉声叹气，有时候还瞅着年幼的儿子吧嗒吧嗒掉眼泪。徐大用看着这情景，不由对这位客人上了心。过了几天，客人还是那副愁容满面的样子，大用忍不住了，就做了几个小菜，烫了一壶酒，约着客人一起吃饭。大用说："俗话说，在家靠父母，出门靠朋友。我观察了你几天，看你既不像是来烧香的，也不像是来还愿的。你究竟有什么心事，能不能告诉我？说不定我能帮你出出主意。"

那位客人沉默了一会儿，站起来对着徐大用深深地鞠了一躬，说道："我姓何，家住外省，打小就听说泰山上有个舍身崖，是泰山老奶奶成仙的地方，都说到那个地方许愿有求必应。去年家母病重，我就在泰山上许了愿，如果母亲的病能好，我就舍身报答。回去以后，家母的病真的好起来了。现在到了该还愿的时候了。我是独子，全家的生计都要依靠我。如果我死了，老母幼子谁来照顾呢？思来想去，只能让儿子替我舍身。可怜我的儿子啊，才五岁半，又聪明又懂事，我又怎么忍心把他丢到山下去呢？"说到这儿，他已是满脸泪水。他擦擦眼泪，继续说道："让我把自己的孩子推下山，我下不去手。如果老哥哥能帮我完成这个心愿，我定然感激不尽，终生念着你的恩德。"说完连连叩头，痛哭不止。

徐大用赶紧把他扶起来，心里忍不住犯了嘀咕：要是不答应，他肯定还得再找别人帮忙，孩子终究性命不保；要是答应他，难道要自己来做这个杀人犯？他思来想去，最终还是答应了下来。第二天，徐大用提着一只大红公鸡，领着孩子上了山，傍晚时分，又独自一人回到了客店。

客人见徐大用帮他还了愿，又是一番感激。在徐大用的指引下，那位客人来到舍身崖祭奠了儿子一番，哭哭啼啼地回家去了。

话说徐大用并没有把孩子丢下山，而是用那只大红公鸡代替了他，然后把孩子暂时寄养在朋友家里。等何姓客人走了以后，他把孩子接回来收养了。徐大用给孩子改名叫徐起鸣，并出钱供他上学读书。起鸣天资聪颖，又勤奋好学，刚二十岁冒头就中了状元。

徐大用觉得时机到了，于是把起鸣的生父请了过来，让他们父子相认，并让起鸣改回了何姓。父子相见，抱头痛哭。起鸣听说祖母已经去世，便安排生父与养父在泰安共度晚年。

后来，三人又来到了舍身崖，抚今追昔，感叹不已。为了规劝后人珍惜生命，何起鸣请人在崖侧筑起一道墙，并把舍身崖改为爱身崖。后人又在崖上刻了"哀愚"二字来警示众生。

5. 三老翁三笑处论长寿

传说泰山脚下有三位百岁寿星，他们每日清晨都会在普照寺周围散步。时间长了，三位老翁变成了好朋友。

这天，三位老寿星碰到了一起，又如往常一样天南海北、海阔天空地聊了起来。聊着聊着，话题渐渐地聊到了如何才能长寿上。其中一位老人说道："我们都是百岁以上的老人了，按照古话，我们这叫人瑞啊。能活这么久，我们每个人肯定都有自己的独到经验，今天我们就开诚布公地分享一下我们各自的长寿秘诀，两位意下如何？"另外两位老人都表示赞同。

提议的甲老人说："我先来，我的长寿秘诀是饭后百步走，活到九十九。"

乙老人说："我的秘诀是吃饭留一口，活到九十九。"

二人说完，都看向丙老人，没想到丙老人却扭扭捏捏、拖拖拉拉地不肯说。二人恼怒，指责丙老人藏私。丙老人说道："我不是藏私，我是怕你们笑话我，因为，我的长寿秘诀是老婆长得丑，活到九十九。"甲、乙二位寿星听闻此言，忍俊不禁，三人都开怀大笑起来。

后来，有人就在三翁谈寿的地方镌刻了"三笑处"几个大字，以作纪念。三翁的故事也给后人带来启示，要想长寿就要多运动，不要暴饮暴食，最关键的是要有豁达乐观的胸襟。

6. 白龙池白龙下凡

传说泰山南麓的寠箩山下生活着一对六十余岁的老夫妇，丈夫姓田。两人膝下无子，只有一个十分孝顺的女儿慧姐，出落得亭亭玉立，人如其名，聪慧过人。慧姐十分能干，无论是田间地头还是针线女红以及烧饭做菜，样样都拿得起放得下，不仅把爹娘照顾得无微不至，还经常帮助四邻八舍的孤寡老人。

所有人都称赞老田家生了一个好姑娘。这么好的一位姑娘，到了谈婚论嫁的年纪，婚事却成了老大难。个中原因，竟是慧姐为了更好地照顾父母双亲，想寻个上门女婿。尽管好心人帮忙张罗了几个，可是慧姐都不中意，慢慢地这事也就搁置了。爹娘虽着急，因为知道女儿倔强，却也没有办法。老两口只能安慰自己，是这丫头的缘分未到。

这一切都被泰山傲徕峰百丈崖下的小白龙看在眼里。小白龙是东海龙王的三太子，奉天帝之命驻扎在百丈崖下的一潭碧水之中，掌管着泰山南北兴云布雨之事。由于慧姐经常来潭边取水浇地干活，时间久了，白龙动了凡心，对慧姐有了爱慕之心。

慧姐又来潭边打水浇地的时候，小白龙主动现身，化作一个俊美小伙，与慧姐攀谈起来，说道："我是东海人士，姓敖，来此投亲，不料亲戚一家竟然踪迹全无，想必是搬家了。如今盘缠用尽，走投无路，见你独自一人挑水干活，想必家中缺少劳力。姑娘，你看这样如何，我来做你家的长工，不必给钱，管我吃饭即可。"说罢，大大方方地看了一眼慧姐。慧姐正暗自惊叹，怎会有如此俊美的少年郎，听得少年一说，觉得言之有理，竟鬼使神差地答应了下来。她在心里骂了自己一句："今日怎么恁地没出息，看到这个少年郎，心怎么跳得如此之快？不过，有了这位少年郎帮忙干活，我和爹娘倒的确会轻松不少。不就是一天三顿饱饭吗，添双筷子的事儿。"慧姐说服了自己，就开始干活，而白龙也是丝毫不惜力气，一个人顶两个使，干得风生水起。慧姐又是暗自一阵开心。

自此，小白龙就在老田家做了长工，田氏夫妇对这位送上门的长工非常满意。他不仅人长得俊美，各种活计也是行家里手。时日长了，老两口就有了别的想法，看着自家女儿和敖家小伙天天出双入对，无比般配，认为这是女儿的姻缘到了，要把小伙子入赘田家。老两口便将这个想法与二人说了，白龙一听正中下怀，自是连忙点头同意，而慧姐则是红霞飞满了脸，不过也是欣然同意。二人成亲之后，一家人生活得更加和美，夫妻二人也是举案齐眉，相敬如宾。

转眼到了夏天，连续几个月，老天爷一滴雨也没下，旱情日益加重。这个时候，邻居发现了一件神奇的事情，自家的菜地、庄稼都快要旱死了，可是老田家的菜地却绿油油的，庄稼长势也是极好，近前一看，地全都浇透了。这是怎么一回事呢？也没见他们家外出打水，也没听到他们家井辘轳响啊！去问老田头，老田头也说不出所以然。有个邻居决心要破解这个谜团，于是趴在老田家菜地旁蹲守。白天什么异常也没有，到了午夜，邻居突然看到敖姓小伙来到菜地旁的水井边，突然幻化成了一条身长数丈的白龙，银鳞万点，寒光夺目。白龙半身入井吸水，然后将菜地浇了个透。邻居这才知道，原来田家女婿竟是白龙下凡，这下乡亲们有救了。

第二天，所有人都来到田家，央求田氏夫妇和慧姐，让白龙出手浇地，救他们于水火之中。慧姐这才知道与自己朝夕相处、恩恩爱爱的丈夫原来是神通广大的神龙。从震惊中缓过来之后，慧姐不忍心置乡亲们的死活于不顾，于是就问丈夫道："你是白龙，一定有办法救乡亲们的，是吗？"白龙此时面露难色道："不是我不帮，我也是有苦衷的。"可是看到慧姐企盼的神情，看到乡亲们渴望的眼神，白龙终究还是选择了没有让他们失望，说道："我想想办法吧，你们等我。"

说完，白龙就走了出去。没过多久，天空中就隐隐有雷声传来，紧接着就是滂沱大雨。这雨一下，就是两个多时辰。乡亲们脸上的愁容不见了，取而代之的是喜笑颜开，他们大呼道："这下我们终于有救了！"雨过天晴，白龙也气喘吁吁、神情憔悴地回到了家中。慧姐见丈夫归来，忙关切地道："赶紧喝杯水，歇息一下。"白龙却无限悲伤地说道："娘子，我是来与你道别的。我本是东海龙王的三太子，奉天帝之命掌管泰山南北兴云布雨之事，住在你常去做活的水潭之中。正因如此，我才对你心生爱慕，化为人形想要与你长相厮守。"慧姐忙道："夫君，现在我们也可以一生一世不分离啊！"白龙道："你有所不知，这里有人对天帝不敬，冒犯了天规，触怒了天帝。天帝下旨，今年泰山南北滴雨不下，以示惩戒。可是我不忍心让你为难，抗旨行雨。不久，天帝就会派人来抓我，我很有可能要去坐天牢了，今后你我夫妻二人怕是再也无相见之日了。"慧姐此时如天塌了一般，但却无能为力，只能放声痛哭。忽然间，原本晴朗的天空阴云密布，狂风骤起，一个炸雷之后，小白龙消失不见了。

多年以后，慧姐终于从痛苦中走出来，仍然和之前一样

白龙池（王德全摄）

开朗，一样能干，一样热心肠。不过，她经常到与白龙初次相见的水潭旁，望着那一泓碧水怔怔地出神。

再后来，人们为了纪念白龙，就把水潭命名为白龙池。明人宋焘在《泰山纪事》记录了这段白龙入赘的故事："古传龙化为美丈夫，为岱南一田家佣，复赘为婿。"宋朝官员还曾在白龙池上举行过"茶祭白龙"的大礼。

7. 竹林寺化身悬空寺

泰山竹林寺里有一老一小两个和尚。老和尚刻薄蛮横，好吃懒做，小和尚虽然年纪不大，但却勤劳朴实。寺里的大小活计都是小和尚在做，可他还是常常受到老和尚的刁难和打骂，日子过得很是艰难。

这天，小和尚像往常一样到庙后树林里拾柴火，忽然看见两个小孩在那里玩耍。这两个小孩头上梳着髫髻，身穿红袄绿裤，模样煞是可爱。他们招呼小和尚一起玩，小和尚忍不住跟他们玩耍起来。一直玩到天都快要黑了，小和尚才想起来今天的活还没有干完，如果被老和尚知道了，肯定又是一顿打骂。小和尚忍不住难过起来。两个小孩安慰他说："你别怕，我们帮你干。"两个人立刻行动起来，不一会儿就把小和尚的筐里装满了柴火，小和尚终于可以交差了。

从那以后，两个小孩经常来找小和尚玩，顺便帮他干活。时间一长，老和尚就犯了嘀咕，心想："以前小和尚出去捡柴火，回来的时候总是没精打采的，现在怎么这么愿意出去，而且每次回来还高高兴兴的？"老和尚于是拉着小和尚问缘由，小和尚是个实心眼，不敢欺瞒老和尚，就一五一十把两个小孩帮他干活的事告诉了老和尚。

老和尚心想，这里地处偏僻，周围又没有什么人家，哪来的两个小孩呢？莫不是山里的精怪？老和尚合计了一晚上，第二天一早，小和尚正要出门，老和尚满脸笑容地拉住了他说："小和尚啊，山里的精怪多，你可千万要当心啊。这样，我给你一根针和一条红线，今天你跟两个小孩玩的时候，把针线悄悄别到他们的衣服上，我就能想法子知道他们到底是人还是鬼了。"小和尚答应了老和尚，趁两个小孩不注意的时候，把红线别在了他们的衣服上。回来后，小和尚如实告诉了老和尚。老和尚没说什么，就让小和尚睡觉去了。

第二天，天还没亮，老和尚就带着锄头上了山。他跟着红线的踪迹一直走到山的深处，居然发现了一株人参。刨开一看，两个小孩一样的块茎紧紧抱在一起，其中一个块茎上还别着红线。这可是千年的人参啊！老和尚小心翼翼地把它们挖出来，抱在怀里就跑下了山。趁着小和尚还没有起来，老和尚就把人参煮在了锅里。老和尚边煮边想，这样的好东西，不能我一个人独享，不如把知县老爷请过来一起吃，以后有什么事情也好请他帮衬帮衬。

主意打定，老和尚就把小和尚叫了起来，吩咐他看着锅，别忘了加柴，但在老和尚回来之前不许掀开锅盖。小和尚赶忙答应了下来。老和尚走后，小和尚一边烧着火一边惦记着今天还能不能出去跟两个小孩子一起玩，又琢磨着昨天老和尚让自己把红线别到小孩身上究竟是什么意思。

想着想着，一股奇异的香气从锅里飘了出来。小和尚忍不住掀开了锅盖，掰了一点大萝卜似的东西尝了尝。呀！真好吃啊！小和尚忍不住又掰了一块吃。不一会儿，竟把那个类似萝卜的东西全部吃进了肚子。小和尚看着锅里剩下的汤水害了怕：要是老和尚知道东西被我吃了还不得打死我啊。干脆，把汤也倒了吧，老和尚如果问，就说是汤熬干了东西也煮化了。拿定了主意，小和尚立刻端起锅，把汤绕着寺院浇了一圈。

谁知道刚把汤浇完，就听见"轰隆"一声，整个寺庙摇摇晃晃地离开了地面，向天上飘了起来。恰好此时老和尚带着知县赶了回来，见此情景，赶紧扑过来扒住了寺庙门槛，大声对小和尚喊道："小和尚！小和尚！你等等我！"寺庙越升越高，老和尚扒不住门槛，终于摔了下去，而寺庙则飘飘忽忽隐没到云彩里去了。

据说，天空晴朗的时候，抬头望去，还能隐隐约约看到空中悬浮着一座寺庙，甚至还能听见敲钟的声音呢。从此以后，那个地方就没有了竹林寺，只留下了悬空寺的传说。

8. 祝山石大夫的来历

清代学者王士禛《古夫于亭杂录》记载了古代齐鲁一地的风俗：人们喜欢在村落巷口立石，上刻"太山石敢当"五字。神奇的是，据说此石在晚上会幻化为人形，到村民家里去看病，人们称之为"石大夫"。

在明朝的时候，有一位书生流落江南，卖药糊口。这天，当他又累又渴时，有一位身高五尺的童子向他作揖问候，并热情地请他一坐，对他说："你是我家乡的父母官啊！希望日后不要忘记我，我姓石，以后你可寻访我于东山之下。"童子为他奉上香茶，书生饮后，精神一振，两人遂依依惜别。

过了许多年，这位书生果然考中进士，吏部授官，出任章丘知县。书生记起当年小童的情谊，便专程去东山寻访，可是找遍了山上山下，也没打听到有姓石的。书生走累了，便在一块巨石下歇息。在似睡非睡之中，他又恍惚看到当年的那个童子走到他身边，指着巨石说："这就是我啊。相别数十年，我们又在这里重逢了。"书生惊醒，方知身后的巨石便是童子的真身。书生因妻子久病，便祈求灵石救护，果然一祷而愈。从此石大夫治病救人的声名大噪，传说他常年游走四方，布施药物，能起死回生。于是，人们在巨石旁建成一座石大夫庙。四方求医者纷纷到石下祝祷祈愿，成为当地一大风俗。

至今章丘东岭山上还存有传说中石大夫的真身。这方石头体如巨屋，高达五米，围十余米，石体的东侧有篆书"大夫石"三字，南侧有明朝嘉靖年间章丘知县刘凤池的题诗。当地人都把这方巨石称为"石大夫爷"。

石大夫信仰在章丘兴起后，很快传遍了泰莱山区，泰安、莱芜、淄博、邹平、新泰等地纷纷建起了石大夫庙，石大夫治病救人的形象深入人心。岱岳区祝阳镇祝山上便有一座石大夫庙，建于清代。每年九月九日，都有盛大的石大夫庙会。现在虽然庙已毁坏，可庙前清代《石大夫庙叙》石碑犹存，它是泰山地区石大夫信仰的实物佐证。

9. 黑龙潭赤鳞鱼王的故事

泰山脚下有个刘老翁，周围的人都叫他刘翁。刘翁一家非常穷困，没有田产，只靠他上山打柴挖药为生，遇到阴天下雨，就到黑龙潭钓些赤鳞鱼卖掉，接济一下生活，日子过得十分清苦。

话说这泰山赤鳞鱼又名时鳞鱼、石鳞鱼、螭霖鱼、斑纹鱼。它是一种小型野生鱼类，颜色会随着季节和环境的不同而变化，有金赤鳞、银赤鳞、铜赤鳞和铁赤鳞的区别。在自然条件下，成鱼长不足二十厘米，重不过百克。赤鳞鱼对生存条件的要求特别严格，它生长于海拔 270 米至 800 米的山涧溪流中，为我国五大名鱼之一，数量极少，民间有"赤鳞鱼不下山""东不过麻塔，西不过麻套"的说法。赤鳞鱼肉质细嫩，香而不腻，鲜而不腥，是难得的水产珍品，它的价格比别的鱼高很多，所以刘翁经常钓赤鳞鱼补贴家用。

这天，刘翁又到泰安城里卖鱼，恰好碰到赃官吴知县。这个吴知县贪赃枉法，鱼肉百姓，强取豪夺，胡作非为，而老百姓碍于他的势力，都忍气吞声，敢怒而不敢言。吴知县见刘翁的鱼与众不同，金灿灿的，实在漂亮，就对刘翁说："刘老头，这几条鱼就当你孝敬我的了。"说罢，拿着鱼扬长而去。刘翁只能唉声叹气，没有任何办法。

吴知县回到县衙，吃了厨子做的鱼之后，感觉唇齿留香、回味无穷，根本没吃够。于是，第二天一大早，吴知县就差人把刘翁叫来，对他说："刘老头，从今以后，你什么也别干了，每天负责给我钓鱼吃。"刘翁哪里愿意，连忙恳求道："知县大老爷，我上有老母，下有幼子，一家人全靠我打柴挖药养活着，哪有时间天天钓鱼啊。再说了，这赤鳞鱼也不是那么容易钓的。求求大老爷可怜可怜我一家老小，另请高明吧。"

吴知县却说："刘老头，你别不识抬举，赶快去钓鱼吧。如果哪一天钓不到，我还要重重打你八十大板哩。"胳膊拧不过大腿，万般无奈下，刘翁只好拿着钓竿往黑龙潭去了。整整一天，刘翁都心烦意乱，结果到了傍晚也没钓到一条鱼，心一横，准备回去挨那八十大板。刘翁正要收竿，忽然感觉大鱼咬饵，他赶紧用力提竿，这时竿子上传来一股大力，几乎将鱼竿拉断。刘翁好不容易把鱼拉出了水，定睛一看，原来是一条大大的赤鳞鱼。刘翁连忙将鱼抓在手里，心想："终于可以免去八十大板的痛苦了。"这时，只见那只大大的赤鳞鱼竟然两眼泪珠滚滚，张口发出人言，道："刘公公，我是泰山的赤鳞鱼王，家中有一大群儿女，我出来是找些小生灵给它们吃，不想却误咬了你的鱼饵。如果你把我带走，它们就没法活了，而且从今以后，你就再也钓不到赤鳞鱼了。"刘翁听后，非常同情它，便把鱼王放回了水中。可是想到自己的心事，不禁长吁短叹、泪眼婆娑起来。鱼王见刘翁难过，便游出水面对他说："刘公公，你的身世和为人我也知道。我这里有一颗宝珠，你带上它，饿了可以止饥，渴了可以止渴，冬天可以保暖，夏天可以降温。如果遇到难事，再来找我便是。"说完就游回了水底。

刘翁揣上宝珠来到县衙，吴知县馋虫上身，早等得不耐烦了，见刘翁两手空空，气不打一处来，接着就吩咐衙役重打刘翁八十大板。衙役将刘翁一脚踢倒在地，只听当啷一声，一颗光彩夺目、流光溢彩的珠子从刘翁怀中掉了出来。衙役将珠子拿给吴知县。吴知县见它闪闪发光，知道这是一颗宝珠，便想据为己有，心生一计，道："你这老贼，鱼没给我钓到，还来偷我家的宝珠！"刘翁为了给自己辩护，便说了珠子的来源。知县听说竟然还有一条赤鳞鱼王，想那鱼王一定还有许多宝贝。只见他吊梢眉一拧、三角眼一转，又有了诡计：只要找到鱼王，那岂不是荣华富贵唾手可得？于是，他对刘翁说道："只要你能让鱼王证明这珠子是它送给你的，我就把它还给你。否则，就是你偷我家的。"

吴知县乘着轿子，让衙役押着刘翁来到黑龙潭边。那宝珠本是鱼王的耳报神，刘翁的情况它早就通过宝珠知道了。鱼王见刘翁到了黑龙潭边，便打开水晶宫的大门。霎时，黑龙潭的水分作两路，一条通往水晶宫的大道出现在大家面前，道路尽头的水晶宫珠光宝气，金碧辉煌。鱼王派两员大将把刘翁接进宫内，让他坐在最尊贵的位置上，用歌舞酒宴招待他。吴知县在岸上看得发呆，愣神之间，忽见潭水合拢，顿时潭水暴涨，冲上堤岸，赃官吴知县和众衙役还没来得及跑，就被卷进了黑龙潭中。

不久，潭水恢复平静，鱼王亲自把刘翁送到岸上，又把宝珠还给刘翁。刘翁非常感激，从此再也不去黑龙潭钓鱼了。有了鱼王送的宝珠，他们家的日子也越过越好。刘翁还时不时地特意做些好吃的，撒到潭水中喂鱼王的儿女，所以，至今赤鳞鱼繁衍不断，成为与泰山永久相伴的"精灵"。

（二）风物传奇

1. 王母娘娘赐汉武帝五岳真形图

汉武帝元封三年（前108）四月的一天，汉武帝与东方朔、董仲舒等大臣在承华殿中处理完朝事之后，大家的话题不约而同地转到了长生不老上来。大家围绕长生不老的方法正说得热火朝天之时，一位年轻的青衣女子飘然来到了大殿。这位女子的出现，惊呆了在场的所有人。皇宫中守卫森严，不知道这位青衣女子是如何进入的？来意是什么？

青衣女子朝着汉武帝微微一笑，施礼道："我乃王母娘娘驾前玉女王子登，娘娘素知皇帝修仙诚意，特派遣我前来传话给皇帝。"

汉武帝一听，喜出望外，连忙说："感谢王母娘娘挂念，还请娘娘成全，有什么要求尽管说，我一定照办。"

青衣女子缓缓说道："王母娘娘已选定良辰吉日，将会在七月初七日降临此地，传授真道，还请皇帝静心斋戒，迎接王母娘娘驾临。"

汉武帝一听，连忙称谢："请转告王母娘娘，请她放心，我一定准时迎接王母大驾。"

青衣女子翩然离开之后，汉武帝便紧锣密鼓地开始了迎接准备工作，诚心诚意地吃素祈祷。

　　到了七月初七，汉武帝把大殿装饰一新，地也打扫得干干净净，静静等待着王母娘娘降临。汉武帝端坐至二更时分，一片灿烂霞光之中，王母娘娘已然坐在汉武帝为她专门准备的座椅上了。

　　一阵寒暄之后，汉武帝表达了他修仙的强烈愿望。听了汉武帝的话，王母娘娘频频点头。这时，汉武帝看到了王母娘娘随身携带的一个紫锦囊，紫锦囊里好像装着一本书卷。汉武帝暗想：王母娘娘随身带着的这部书卷难道是修仙的秘籍？若是能留下此书，我的修仙之路也就成功一半了。想到这里，汉武帝恳求道："今天得睹仙颜，聆听道语，已是三生有幸。若您能将您携带的仙书赠我，便没有什么遗憾了！"

　　王母不愿此书流落人间，本想着拒绝，但目睹了汉武帝的真诚和决心，于心不忍，道："也罢，看你修仙如此心诚，便赐予你吧。"

　　汉武帝如获珍宝，立刻打开紫锦囊，翻开一看，原来里面装的不是书，是一幅图。汉武帝对着画仔细端详了半天，也没有看懂上面画的是什么，只得向王母娘娘问道："在下浅薄，不知道这是什么宝物？还请王母娘娘赐教。"

　　王母娘娘沉吟片刻，才说道："这图非同寻常，乃太上神在三重天上看到

五岳真形图（王德全摄）

天下五岳后所绘，是天神间的密码啊！"

汉武帝一听，赶紧命人把《五岳真形图》珍藏在柏梁台上。后来柏梁台不幸发生大火，《五岳真形图》在火灾中流散人间，成为民间收藏的秘宝。据说携带《五岳真形图》进山的时候，一切鬼魅虎虫不能近身，能起到辟邪保身、修行护体的作用。

2. 鲁班"显灵"修岱庙大殿

清康熙七年（1668），山东郯城发生了一场特大地震。地震波及面很广，把泰山脚下的岱庙都震塌了。岱庙是皇帝祭祀泰山神的地方，这个地方塌了那还了得！为了重修岱庙，当地官府把泰安周边有名的木匠都召集了起来，一定要重修一座让皇帝满意的宫殿。

为了在规定的期限内完成大殿的修建，木匠们不分昼夜地忙碌着。有一位白胡子老头却整日背着手，优哉游哉地在工地上闲逛。大家虽然有意见，可看见他这般年纪，也不好说什么，只当这个老头是为了到工地来混口饭吃的。

这天，木匠们正聚在一起休息，老头拿着一把木工尺来到大家面前说："我知道你们都对我有意见，觉得我是来混饭的。这样吧，我做了几把木尺，就当是一点小心意，送给你们用。"说完把手里的木尺一一分给大家。木工尺是木匠常用的工具，谁手里没有呢？大部分人接过老头递过来的尺子就顺手放到了一边，只有一位李木匠接过尺子后小心地揣在了怀里。

过了几天，李木匠的尺子断了，就从怀里掏出白胡子老头给的木尺来用。没想到木尺刚一放到木头上，木头立刻按照李木匠希望的尺寸分成了两半。旁边看见这一场景的木匠都傻了眼，才知道这不是一把普通的木尺，于是大家一窝蜂地去找自己扔在一边的木尺。可是哪里还找得到呢。除了李木匠的木尺，老头送出去的木尺都消失不见了。这时候大家才知道，那位白胡子老头不是凡人，原来是鲁班"显灵"来帮助他们，可惜他们白白错过了一个好机会。

过了不久，岱庙的大殿修好了。木匠们聚在一起，等着官府派遣的监工来验收，如果验收合格，辛劳多日的木匠就能拿到自己的那份工钱了。

监工来了，围着大殿上上下下地打量着，还时不时用手摸一下。众人跟随着监工的脚步，大气都不敢喘一口，偌大的施工现场安静极了。忽然监工露出严厉的神色，伸手一

岱庙天贶殿（王德全摄）

指斜上方，厉声追问道："这是怎么回事！"大家顺着他的手势看去，才发现大殿一角的一根檐椽不知怎么比其他的椽子长出了半寸。这可怎么办呢？工头的脸都吓白了，刚要上前解释两句，多日不见的白胡子老头忽然从人群中走出。只见他捡起一把斧头，抡起右臂，嗖的一声把斧子扔了上去，不偏不倚，正好把那多出的半寸椽子削了下来。众人被这突来的变故惊得愣在了当场，监工也怔住了。等大家回过神来去找白胡子老头

时，他已经再次消失得无影无踪了。众木匠对他十分感激，都说："幸亏鲁班爷这一斧子啊，这可是救了大家伙的命。"从那以后，鲁班"显灵"修岱庙的故事就在泰山周边流传开了。

3. 泰山神启跸回銮图

北宋大中祥符元年（1008），宋真宗假造天书，终于如愿封禅泰山。事成之后，龙颜大悦，为答谢"天书"，宋真宗下旨在泰山脚下的岱庙大殿墙壁上绘制一幅名为《泰山神启跸回銮图》的壁画，壁画一定要表现出泰山神出巡回归时的浩大场面。

《泰山神启跸回銮图》局部（王德全摄）

这道诏旨让奉符知县犯了愁，呈上去的样稿因为皇帝不满意，全被朝廷驳了回来。几次三番下来，宋真宗也没了耐心，降下口谕："这些画稿都不足以展现我皇家气派。十日之内，如若画稿还不称朕的心意，奉符知县提头来见。"

万般无奈的知县转头就把恶气全撒在了一众画师身上，责令画师们五日之内一定要拿出让皇上满意的画稿，否则重打八十大板之后，发配流放。

公堂之上大发雷霆的知县老爷回家之后仍然愁眉不展，满脸愁容。这时，知县夫人走过来，说道："夫君，老发愁也不是办法，圣心难测，我们还是抓紧时间寻找附近州县有名的画师多绘制几幅样稿吧。说不定，皇上就满意了呢。"知县说道："夫人有所不知啊，今日皇上又传来口谕，说十日之内必须拿出能展现皇家气派、让皇上满意的画稿，否则就要我的命。时间来不及啊，再说了，这附近州县稍微出名的画师我们都已经找来了。唉，这次小命不保了。"说完，又重重地叹了口气。

知县夫人听完此话却是眼前一亮，说道："哦？皇上果真如此说？那夫君不必如此悲观，事情大有转机，不过……"知县一听，急忙说道："不过什么？哎呀，夫人哪，我知道你平素智谋过人，是我的智囊、贤内助，我这都火烧眉毛了，你就别卖关子了。赶紧告诉为夫，这转机在哪儿？"知县夫人微微一笑道："看你急得，这不还有十天嘛，完全来得及。皇上在口谕中说，要展现出皇家的气派和威严，这是嫌弃我们以前的画稿太小家子气。皇上来封禅的场景你可是亲自参与了，众画师也有远远瞧见的，那情形是不是足够气派？能不能展现出皇家威严？"知县一听，大喜道："我明白了，夫人的意思是，让画师们把样稿画成皇上来封禅的场景？妙啊，我怎么就没想到呢，你可真是我的贤内助啊。我现在就去准备。"说罢，知县辞别了夫人，急匆匆地来到了县衙。他把众画师召集起来，说道："本官给你们想到了一个绝妙的主意，各位以皇上来泰山封禅的浩大场景为蓝本作画，这样皇上一定会满意，你们也就不必挨板子了。"

一句话点醒了众画师，他们当中有人目睹了宋真宗封禅的场景，这下心里算是有底了，于是连夜赶制样稿，还向知县请教皇帝的长相，特意按照皇帝的龙颜塑造了泰山神的形象。第二天，知县便把样稿呈了上去，宋真宗看到之后，果然龙颜大悦。如今的岱庙便有了这样一幅气势恢宏的《泰山神启跸回銮图》。

4.泰山灵苗何首乌

传说泰安城南有个何家庄，住着姓何的父子俩，以采药为生。这一年，父亲的身体不好，儿子因为要照顾父亲，很少进山采药，生活很难维持。

为了生计，父子俩只好重新带上工具进山采药。父亲体弱，很快就走不动了。儿子看到旁边有个山洞，就对父亲说："你在这里歇会儿，我采完药就回来找你"。父亲答应了，就在洞里休息。

山上的天气说变就变，忽然之间就阴云密布，雷电交加，下起倾盆大雨来。父亲担心儿子，就走到洞口张望。这时候，一阵孩童的哭声透过雨幕传了过来，父亲赶紧跑出去寻找。只见大雨中一个黑乎乎的胖小孩正在哭泣，旁边却没有一个大人。

父亲看了心疼，赶忙把小孩抱回了山洞里。小孩渐渐停止了哭泣，睡了过去。而父亲因为淋了雨，加上病痛难支，也昏睡了过去。不知过了多久，父亲醒转过来，却发现怀里的孩子不见了，只剩下一个地瓜似的东西握在手里。父亲饥肠辘辘，顾不得多想，就把那个黑乎乎的东西吃了下去。

雨停了，儿子也从山上采药回来了，站在洞口大声呼唤父亲。父亲赶快答应着走出来。儿子一看，从洞里走出来的是一位头发乌黑的年轻人。儿子忍不住怒从心起，过去给了那年轻人一个耳光："你是谁？为什么要冒充我的父亲？"父亲仰脸看着儿子："我就是你爹啊，你怎么不认得我了呢？"儿子再仔细一看，那眉眼，果真是自己的父亲。只不过眼前的父亲仿佛忽然年轻了几十岁似的，脸上的皱纹也消失不见了。他忍不住问父亲究竟发生了什么，父亲就把刚才的事情一五一十地告诉了儿子，又说："那东西还剩下一半，给你留着呢，你看！"儿子见父亲吃了这东西后变得如此年轻，知道这肯定不是寻常之物，于是把剩下的半块黑物仔细包好，父子俩才一起下了山。

下山后，父子俩找到一个药铺，把那个东西拿给药铺的先生看。一连问了几家，都不知这是什么东西。后来一位从京城归家休养的老先生看了，说这是一种名贵的中药。因为是何氏父子采来的，因此后人便将这种药材命名为何首乌。何首乌如今已成为泰山名药，并随着"何翁返童"故事的流传名噪海内外。

5. 泰山名药黄精

　　明朝时，有一对来自河南的夫妇在泰安城通天街开了一间卖杂货的小店铺，日子过得清贫而温馨。来到泰安的第二年，夫妇俩生了一个乖巧可爱的女儿，起名宝珠。

　　宝珠长到十八岁的时候，夫妻俩不幸同时染上了瘟疫，眼看就要活不成了。宝珠只好变卖了所有的家产，请遍了方圆几十里的郎中，双亲的病总算一天天好起来，可是欠下的债务却无力偿还。宝珠只好卖身到一个叫张剥皮的地主家做使唤丫头。张剥皮见宝珠模样俊俏，便起了坏心，想逼她做小，宝珠宁死不依。后来，宝珠偷偷跑回了家，可是张家尾随而至来要人，夫妻俩没办法，只好乘夜把宝珠送到山里避难。

　　从此，宝珠过上了野人的生活，每天在山里寻找各种野菜野果充饥。有一次，宝珠挖到了一棵长得像萝卜的植物，尝了一下，口感很好。从那以后，她就专挖这种植物吃。这样过了大约两个月，宝珠觉得自己的身体逐渐轻盈起来，丈把宽的山涧，轻轻一跃就能跳过去。天长日久，竟可以跟野山羊赛跑了。

　　转眼两年过去了，一位农夫到山里砍柴，走到扇子崖附近时，忽然看到一个披头散发的妖怪在山间蹿来跳去，他吓得一边把筐子扔了，一边大喊着跑下山去。从此山里有妖怪的消息就传开了，一时间人心惶惶，谁也不敢上山了。

　　泰安知县知道后，命衙役进山搜寻，务必把妖怪捉回县衙。宝珠被带到知县面前，知县一看，面前明明是一位衣衫褴褛、面色红润的年轻女子，哪里是什么妖怪？于是一拍惊堂木，问道："你为何要假扮妖怪在山上吓人？"宝珠结结巴巴地把她进山的过程说了一遍。知县又问道："你是怎么做到在山里纵跳如飞的，是学了什么法术还是吃了什么灵丹妙药？"宝珠回答说："启禀大人，我没有学什么法术，也没有吃灵丹妙药。但是我在山上找了一种类似萝卜的植物，因为觉得好吃，所以用来充饥。不知道与吃这个有没有关系？"知县命令宝珠带路，去山里挖了一些回来，问遍了所有人，大家都说不知道此物。知县见宝珠说的都是真话，就把宝珠放回了家。

后来，这事儿传到了大医学家李时珍那里。当时李时珍正在编写《本草纲目》，听说此事后，立刻星夜兼程赶到泰安，找知县要来了"萝卜"，经过仔细研究，发现那是失传多年的中药黄精。李时珍认出了黄精，心中激动不已，于是把黄精写到了《本草纲目》中。

6. 泰山灵芝救母记

泰山南麓有一户张姓人家，家中只有母子二人，儿子叫张勤，娘儿俩相依为命。母亲常年身体不好，为了养家糊口，张勤很小的时候就去给夏财主放羊。

这一天，张勤又赶着羊群进山放羊，羊群四下散开自由自在地去吃草了，张勤却呆呆地坐在石崖上，满腹心事。他心中挂念着母亲的身体，母亲积劳成疾，卧病在床大半年了，由于无钱求医问药，只能依照从别人那里求来的偏方，从山上挖几样草药给母亲治病，勉强维持着病情不继续恶化。母亲操劳一生，含辛茹苦把自己养大，自己如今却无力给母亲医病。想到这儿，他不禁悲从中来，泪流满面。

"公子为何如此悲伤？"一个女子的声音将他从悲伤中唤了回来。张勤抬头，只见一位笑靥如花的红衣女子不知何时来到了他的面前，对他说道："公子，我知道你母亲久病，而你又无钱医治，特地带了泰山的灵芝仙草为你母亲医病。服下三日后，公子母亲的病就会好转很多，到时公子再来此地见我。"张勤接过泰山灵芝，心中对女子千恩万谢，躬身就要叩拜，女子伸手将他挽起，说道："公子不用谢我，是你对母亲的孝心感动了我。公子赶快回家为母亲煎药去吧。"说罢消失在山林中不见了。张勤觉得自己像做了一场梦一样，看着手里的灵芝仙草，心想自己一定是遇见神仙了。

张勤放完羊回到家后，赶紧按照红衣女子的嘱咐，仔细煎煮灵芝汤药，让母亲服用。服药三天后，母亲竟然病体痊愈。母子二人大为欢喜，对红衣女子自然更加感激。到了与红衣女子相约的这天，张勤一大早就赶着羊群进了山。刚进山，就远远地看见红衣女子已在他平日放羊休息的石崖旁等候，张勤心中又是感激又是喜悦，于是加快了步伐，走到红衣女子前，纳头便拜道："我母亲病体痊愈，全仰仗姑娘的大恩大德，请姑娘受我一拜。"红衣女子笑道："不必行此大礼，这是公子至诚至孝的福报。只是你母亲大病初愈，还需灵芝仙草调养。"望着张勤为难的神情，姑娘善解人意地继续说道："仙草虽然难得，但公子你放心，我有办法采得。以后每隔三天，公子便来此地取仙草就是。"

此后，随着张勤和红衣女子在山中相处的日子越来越多，两人竟暗生情愫，互相爱慕。不料好景不长，这一消息被夏财主的儿子夏富贵得知。夏富贵是个花花公子，心想这等好事怎么能便宜了我们家羊倌，应该是我抱得美人归才是。于是他便带着一群恶仆，气势汹汹地直奔二人相会的地方，看到羊倌和美人有说有笑，更是嫉妒得不行。一声令下，众恶仆就冲上去抢人。

张勤一看到夏富贵，就猜到他是奔着红衣女子来的，连忙将她护在身后，说道："姑娘你快走，我来挡住他们。"红衣女子却丝毫不慌，反而一脸懊悔地自言自语道："该来的还是来了。唉，是我太过贪恋这男女情爱了。这下动用了法力，动静闹得太大，老母肯定会知道，麻烦大了。"她一边说一边掐了个法诀，瞬间狂风大作，飞沙走石。夏富贵和恶仆们一看这个阵仗，知道惹了不该惹的人，立马认怂，跪地求饶后一哄而散。此时的张勤完全呆住了，又悲又喜，喜的是，这位与他相恋的姑娘竟真的是神仙；悲的是，自己是个放羊倌，哪能配得上人家。

夏富贵等人逃散之后，瞬间天清地明了起来。红衣女子依依不舍地说道："公子，我乃泰山老母的侍女，叫灵芝。见你勤劳朴实又孝顺，甚为爱慕，于是瞒着老母，赠你灵芝仙草。这次动用法力，老母得知，肯定要罚我禁足，再见面就不知何年何月了。"说罢，她飘然而去，只留下张勤一人，像是失了魂一样呆坐在地上。

眨眼间，三个月过去了，张勤相思成疾，茶饭不思，更加沉默少言了。他每日赶着羊进山，在两人相会的地方，一待就是一天。

这天，张母收拾完饭桌，忽然听见屋外有女子问道："这是张家吗？"张母走出院子，看到一位红衣女子笑盈盈地站在门外。张母正疑惑中，屋里的张勤听到这个声音，心头一震，跌跌撞撞地爬到屋外，果然看到了自己朝思暮想的姑娘。他冲了上去，握着红衣女子的手，说道："灵芝，真的是你？泰山老母放你出来了？"红衣女子怜爱地说："是我，公子，这段时日苦了你了。老母念我俩情深义重，特许我与你婚配。从今之后，我们可以长相厮守了。"张母与张勤一听，连忙向着泰山方向跪下，感恩泰山老母的成全。

婚后，灵芝姑娘不仅勤劳能干，还会一手好医术，他们家的日子越过越好。张勤也不去给夏财主家放羊了，一家人过上了和和美美的生活。灵芝仙草也被灵芝姑娘带入了凡间，成为泰山名药，为更多的百姓治愈了疾病，送去了健康。

7. 乾隆夸赞泰山三美

说到"泰山三美"，还有一段传说呢。

"皇上，泰安知县求见。"一名太监小心翼翼地走到乾隆身边，轻声说道。乾隆闻听，眼睛一亮，道："可是寻得适合容妃食用之物了？"太监回道："回皇上，是的。泰安知县说，此次进贡之物，皇上您一定会满意的。"乾隆大喜道："速传进见。"

没过多久，只见泰安知县手上托着一个食盒，快步走进皇帝居住的行宫，行礼道："臣见过皇上，给皇上请安了，恭祝皇上龙体万安……"乾隆打断道："免礼，说给朕听听，寻来何物？朕听说，此物定能让容妃满意？你可知道，若是容妃不满意，你有何后果？"知县急忙道："不敢欺瞒皇上，我找到的东西定会让容妃娘娘满意。"说着就把手上的食盒打开，道："皇上请看，这就是微臣寻到的东西。"乾隆一看，不禁怒道："大胆，你竟敢拿着这些俗物来哄骗朕。"太监仔细一看，也不禁为知县暗暗捏了一把汗，原来食盒之中装的东西，竟是一棵白菜、一块豆腐，还有一碗水。

知县急忙回道："皇上，请息怒。皇上有所不知，我寻来的这三样东西看似寻常，却是泰山的特产。当地老百姓说，用泰山的泉水、大汶口的黄芽白菜，再加上被当地人称作'神豆腐'的卤水豆腐做汤，别有风味，令人口齿留香啊。"乾隆一听，来了兴趣，于是，示意太监接过食盒，送到厨房去。

太监走后，乾隆皇帝对知县说道："爱卿，为了朕的爱妃，朕如此大费周折，三番五次地让你去寻觅，你可觉得朕是在小题大做？"知县一听，回道："臣不敢。臣听闻容妃娘娘乃是维吾尔族，于饮食一道，禁忌颇多。您这也是为了容妃娘娘着想。"乾隆一听，道："爱卿所言极是，下去候着吧。"

原来，这容妃就是传说中的香妃，在乾隆平定大小和卓叛乱后，作为战败方的女眷被押解进京，后来成了乾隆皇帝的宠妃。可是，容妃在皇宫里一直闷闷不乐。此次乾隆东巡泰山，为了让容妃散心，就让她随从。乾隆对她宠爱到什么程度呢？据说，容妃可以穿自己民族的服装，而不像其他嫔妃一样，必须穿统一的服饰。在饮食方面，乾隆皇帝更是在宫里专门为她安排了回族厨师。这次容妃随从到泰山来，乾隆皇帝也在饮食方面费尽了心思，想让她吃一些平日里在宫里吃不到的食物，这才下旨，让泰安知县四处去搜罗适合容妃食用的食材。

容妃吃了泰山白菜、豆腐和水做成的汤后，大加赞赏。乾隆皇帝非常开心，认为这泰山的白菜、豆腐和水果然与众不同，所以御封为"泰山三美"。从此，"泰山三美"名扬天下，成为泰山著名的小吃。

五

红色泰山

泰山周围有着丰富的红色文化资源，留下了大量红色文化遗址和奋勇向前、为国为民奋斗终生的革命故事。这些故事，展示了可歌可泣的民族精神、大义凛然的民族气节。

（一）革命楷模

1. 革命老人范明枢

　　1945 年，抗日战争已接近尾声，一位古稀老人向党组织递交了自己的入党申请书。八旬老人入党，成为我党历史上的一段佳话。这位老人就是范明枢。

　　范明枢是泰安城人，在全面抗战爆发前，他已经是山东省著名的爱国教育家了。1931 年九一八事变时，范明枢在山东省立第一乡村师范学校担任图书馆主任，因向学生宣传抗日、抨击当局的不抵抗政策被国民党政府逮捕入狱，后来经过冯玉祥先生的营救才获释。出狱后，他与冯玉祥结为至交，两人在泰山脚下创办了十五所武训小学，招收了大批贫民子弟以半工半读的方式入学，成为泰安教育史上的一段佳话。

全面抗战开始后，范明枢不顾年迈，到处奔走呼号，老幼皆为之感动。范明枢来到徂徕山南头的东良庄小学，请青年教师赵一川把村里的青年都叫来。大家聚集在范老身边，听他讲道："日本侵略者已经侵占了华北大片土地，眼看着就要打到咱山东来了。后生们，咱们能等着当亡国奴吗？咱们应当团结起来，有人出人，有钱出钱，坚决把日本侵略军从咱的土地上赶出去！"青年们被范老的情绪所感染，当场就有六十多人报名参加了自卫团。

1938 年 7 月 7 日，正值七七事变一周年，泰安县委、泰安民众抗敌总动员委员会（简称"动委会"）组织社会各界代表在山口镇召开纪念大会。会议开始后，各界代表纷纷上台发言，声讨敌人的罪行，表达抗战到底的决心。范明枢代表动委会发言。他想起日军的暴行，难以压抑心中的愤怒，一直讲到声音嘶哑、全身发抖，最后竟然扑通一声跪在满是碎石的场地上，带领与会群众大声宣读抗日誓词。群众被范老的抗日激情所感动，纷纷跪到石子地上，跟着范老一句一句高声宣誓，抗日的呼声响彻了山谷。

当年 10 月，鲁南民众总动员委员会成立，范明枢被任命为主任委员，跟随山东省委活动。他利用自己的威望和影响，积极支持共产党的抗日救国政策，做了大量工作。1940 年，范明枢高票当选山东省临时参议会议长。在他的领导和推动下，临时参议会颁布了许多条例、法规，对于加强各级抗日民主政权建设、推行民主政治、发展生产以及加强抗战教育和文化事业等，均发挥了重要作用。他出色的工作赢得了党和人民的赞誉。1943 年 9 月 11 日，毛主席致电表扬山东省参议会"坚持敌后，艰苦奋斗，不屈不挠，为民族伸正气，为全国作榜样，凡属国人，莫不钦佩"。范明枢老人也被抗日根据地的军民亲切地称为"抗战老寿星"。

1947 年，范老不幸病逝，享年八十二岁。其灵柩于 1950 年 12 月迁葬于泰山南麓，墓碑上镌刻着谢觉哉的题词"永远是人民的老师"，以及林伯渠的题词"革命老人永垂不朽"。

2. 气贯长虹朱蓂阶

"平生胸怀救国志，追求真理轻功名。日军入侵国遭难，愤然投笔义从戎。亲率健儿奔徂徕，创建'泰宁'建奇功。泺源公馆血染处，英雄气节贯长虹。"

在泰汶大地上，一位英雄的事迹传唱至今。他，就是抗日英雄朱蓂阶。朱蓂阶，字相尧，泰安市宁阳县东庄镇人，1900 年出生于一个书香家庭。在北京大学读书期间，受革命思潮的影响，朱蓂阶有了教育救国的思想。毕业后，他先后在烟台、青州等地任教。淞沪会战失败后，朱蓂阶愤懑难平，他在给亲友陈友唐的书信中这样写道："刻下沪事日亟……大战即在目前，生死存亡，胥系于此。唯我方只要沉着应战，作持久战，最后胜利尚有望也！"表达了他坚定的抗日信心。

"卢沟桥事变"后，国家和民族处于生死存亡的紧要关头，朱蓂阶从国民党军队不战南逃的行动中领悟到，抗日救亡只有依靠共产党的领导，"要选择一条有光明前途的道路"。于是下定决心，拉起队伍投奔共产党。

1938年1月，他率领二十三人直奔刘杜（当时山东省委驻地）附近的碾子峪，加入徂徕山起义的行列，编入八路军山东人民抗日游击队第四支队第二中队。2月，受山东省委指派，回到宁阳东庄一带发展抗日武装。2月28日，就任山东人民抗日游击队第四支队第七中队中队长，并参加了寺岭、四槐树和第一次攻克莱芜城的战斗。

1938年6月，朱蓂阶团结地方进步人士、开明士绅和抗日积极分子成立"泰宁边区自治会"。根据省委领导"宜以灰色面目出现，建立政权"的要求，在以维持会、伪政权的名义与敌人周旋的同时，利用上述名义做掩护，紧紧依靠群众，组建抗日救国团体，开办抗日小学、隐蔽医院，配合八路军反"扫荡"，破袭敌人交通线，积极开展抗日救亡运动。

1942年秋，日寇对我沂蒙山抗日根据地发动了残酷的"拉网扫荡"，当时已调任山东公学校长的朱蓂阶连夜赶回公学驻地，研究安排学校反"扫荡"工作，亲自率领部分干部和学生向沂南县马牧池山区转移。10月27日，在上岩峪掩护群众突围时，朱蓂阶不幸受伤被捕，被押送到济南，关押在特务机关"泺源公馆"。面对敌人的严刑拷打，朱蓂阶始终闭口不言，展现了一位共产党员的坚定信仰。11月8日，在敌人更加严酷的拷问中，朱蓂阶壮烈牺牲，时年四十二岁。

朱蓂阶把一生都奉献给了抗日救国运动，留下了"为国捐躯何所惧，青山处处埋忠骨"的豪言壮语，用自身行动鼓舞着大家的抗日斗志。1955 年，中央人民政府主席毛泽东亲笔签署命令，授予朱蕤阶"革命烈士"称号。1978 年，山东省人民政府批准朱蕤阶为著名革命烈士。

3. 革命楷模夏辅仁

泰汶大地，钟灵毓秀，养育了无数英雄儿女。

夏辅仁，原名夏天庚，1916 年出生于泰安城永福街的一个书香门第，十二岁考入泰安省立三中。1928 年，日军侵占济南，制造了"五三惨案"，大批中国军民惨遭屠杀。少年夏辅仁受到很大震动，他积极参演抗日话剧，宣传抗日救国思想，被泰城的人们亲切地称为"革命的孩子"。1931 年，十五岁的夏辅仁考入曲阜省立第二师范学校，不久就加入了中国共产党。此后，他更加积极地投身于救亡图存的运动中，在革命师生中获得了"革命牌子夏天庚"的称号。

1932 年，夏辅仁等二十四名师生被国民党政府逮捕。"一问三不知，神仙治不得；肉是他们的，骨头是自己的；最后胜利是我们的！"这是夏辅仁在狱中与同志们共同创作的明志诗。面对敌人的"安抚"与"体恤"，夏辅仁横眉冷对，严词拒绝；面对火钳、鞭笞等酷刑，夏辅仁铁骨铮铮，英勇不屈。敌人无可奈何，将他判刑十三年，直到七七事变爆发，国共合作抗日局面形成，他才获释。

出狱后的夏辅仁不顾因摧残致病的身体，一回到泰安，就义无反顾地投入抗日洪流当中。

当时，山东省委决定正式成立中共泰安县委，二十一岁的夏辅仁被任命为县委书记。他与县委其他同志一起，积极开展抗日宣传和武装起义的组织发动等工作，他出色的工作获得了省委书记黎玉同志的赞赏。

1939 年 1 月，中共泰安特委成立，二十三岁的夏辅仁被任命为特委书记，统一领导泰安、莱芜、新泰、泗水等地党的工作。他率领特委一班人加强地方武装建设，壮大党的队伍，建立各级抗日民主政权，使泰山地区根据地建设走在了全省前列。当年 10 月，夏辅仁被选为鲁南区中共"七大"代表，奔赴延安。期间参加了延安整风运动，此后，他一直战斗在少数民族地区。

新中国成立后，夏辅仁先后在内蒙古自治区、全国人大常委会办公厅民族室任职。他曾奉命赴越南协助土改工作，被越南共产党中央主席胡志明授予"一级越南荣誉勋章"。1961 年，调任中共西藏自治区工委副书记兼日喀则分工委第一书记、101 工地总指挥。在西藏，他坚定不移地贯彻执行党的民族政策，紧密团结兄弟民族群众，为建设新西藏忘我地工作。他与藏族同胞同吃、同住、同劳动，不分彼此，藏族同胞也把他当成自己的兄弟。1964 年 11 月 23 日，夏辅仁在去波密县通麦检查工作的途中遭遇山崩，不幸被飞石击中头部而牺牲，时年四十八岁。这个土生土长的"泰山之子"把自己的生命永远留在了雪域高原上。

夏辅仁是泰安人民的好儿子，家乡人民永远怀念他。

4. 虽死犹生朱毓淦

　　"男儿志在四方，踏碎荆棘前往。黑暗社会尚渺茫，太阳一出天亮。天亮，天亮，天亮，那时工作更忙，四亿人民齐欢唱，幸福在望，在望。"这首催人奋进、充满希望的革命诗歌是泰安籍烈士朱毓淦于1931年创作的。那时的他意气风发，正热火朝天地投身于革命事业当中。

　　朱毓淦，1909年出生于泰安市岱岳区房村镇北望村。在校求学期间，他接受马列主义的教育，并于1926年冬光荣地加入了中国共产党。入党后，朱毓淦团结进步同学，到泰安省立三中、县立师范等学校秘密串联，发展党员，通过各种方式宣传革命思想。同时，他还在家乡北望村积极发展党员，开展农运工作，建立了村党支部和村农会。

　　1929年4月，朱毓淦任泰安特别支部书记。1930年2月，山东省委遭破坏，泰安特支与上级失掉联系，停止活动。朱毓淦来到今德州平原县，以教书先生身份为掩护，继续从事革命活动。1931年初，他担任沧州至徐州段党的地下交通联络员，负责党的联络工作和传递党的文件，后回到泰安工作。1932年9月，朱毓淦接任泰安中心县委书记，12月，泰安党组织遭受到严重破坏，泰安中心县委停止活动，泰安党的活动又陷入了低潮。1934年11月，遭反动当局通缉的朱毓淦被迫到大连隐蔽。在大连，他继续开展党的工作，并与大连党组织取得联系。经大连党组织介绍，并打入日本人办的火药厂，在火药厂成立了党小组，并任组长。党小组在厂里物色了一些工人，秘密组成"敢死队"，朱毓淦任队长。他带领"敢死队"把几个欺压工人、为非作歹的日本人和朝鲜人处死，然后装入麻袋，沉入海中。这一举动极大打击了日本人的嚣张气焰，受了鼓舞的工人引爆了日本人的火药仓库。日本人逮捕了他，给他戴上手铐、脚镣，投入水牢。经过工人们的全力营救，他顺利逃脱并于1936年返回泰安。

1937年"七七事变"爆发后，朱毓淦积极投身于抗日救亡斗争，继续从事革命活动，负责泰安南部及东南部的党组织工作，并配合范明枢建立了泰安县人民抗敌自卫团，任政治部部长。1938年1月1日，朱毓淦参加了徂徕山抗日武装起义，在黎玉和洪涛领导下，成立了山东人民抗日游击队第四支队。5月调任省委机关锄奸科科长。6月任中共泰安县组织部部长，积极团结地方武装一致抗日，经常带领部队以游击方式袭击日军。10月任县委书记兼组织部部长。在徂徕山起义准备期间，他的家成了参加起义同志的联络点和食宿处。而为了解决起义部队的经费问题，朱毓淦更是毫不犹豫地动员说服自己的亲属卖掉了部分土地和家产，所得款项全部捐给了起义部队。至今，在烈士的家乡，人们还时常说起烈士公而忘私和国而忘家的壮举。1938年12月，朱毓淦担任鲁中区党委社会部部长。1941年11月3日，日伪军数万人对鲁中沂蒙山区实行"铁壁合围"。"大扫荡"期间，我抗日军民进行了顽强的反"扫荡"斗争，粉碎了敌人的残酷"扫荡"。同时，我党政军民也付出了极大的代价。11月8日，敌人合击鲁中区党委和军区驻地鲁山。

朱毓淦和军区司令员刘海涛及部分人员转移时与敌人遭遇，因寡不敌众不幸被捕。

在汉奸敌人的威逼利诱和软硬兼施下，朱毓淦展现了共产党人的崇高气节和大无畏精神。敌人先是许以高官厚禄劝降，朱毓淦等人不为所动。恼羞成怒的敌人对他们施以坐老虎凳、灌辣椒水等各种惨无人道的酷刑，而朱毓淦、刘海涛等人始终牙关紧咬，坚贞不屈，不肯透漏我方任何消息。失去耐心的汉奸准备在蒙阴县苏家后庄杀害朱毓淦等人，面对凶残的敌人，朱毓淦毫不畏惧，宁死不屈，不断高呼："打倒日本帝国主义！""打倒汉奸卖国贼！""中国共产党万岁！"气急败坏的敌人用刀残暴地割掉了他的舌头，挖掉了他的双眼，刺穿了他的胸膛……朱毓淦英勇就义！汉奸卖国贼毁掉了他的肉体，却毁不掉他的信仰！心中有坚定信仰，脚下有无穷力量！他用生命，用共产党员的信念，诠释了什么是顶天立地，什么是虽死犹生！

如今，烈士的遗骨长眠在泰安烈士陵园，永远受到人民的敬仰！

5. 回族抗日英雄米英俊

泰安的烈士陵园中长眠着一位年轻的回族抗日英雄，他就是年仅二十六岁的共产党员米英俊。

1937年，卢沟桥事变后，大批流亡学生从平津一带汇集到泰安。他们在车站、街头散发传单，发表演说，希望唤起人民的抗日热情。正在泰安国术馆任教的米英俊被学生们的爱国热情所打动，辞去教职回到故里。他和本村爱国青年一起，自制道具，自裁戏装，利用家乡"玩故事"的习俗进行抗日宣传。他们还缝制了横幅，米英俊在上面挥毫疾书了"睡狮猛醒"四个大字。每次演出时，他们就把横幅挂出来，提醒人们勿忘国耻、共赴国难。米英俊自编自唱的秧歌调"日本鬼子别逞能，睡狮猛醒抖威风。鱼鳖虾蟹成不了精，一齐赶到东海中"，总是能引起围观群众的共鸣，人们被这个年轻小伙的抗日热情所感动着、鼓舞着。

1938年，泰安独立团"回民连"成立，米英俊任连长。这一时期，他认真学习毛泽东的《论持久战》等著作，政治觉悟不断提高，指挥才能不断增长。"回民连"也在他的领导下，成为泰西地区回、汉团结抗日的一面旗帜。

1941年初，伪军在长清县孙家庄设置了据点，对长清、肥城、泰安三县的抗日斗争造成了很大威胁。鲁西军区第一军分区刘贤权司令员决定拔除这个据点，为抗日斗争扫清障碍，安排"回民连"担任此次战斗的主攻任务。

由于敌人的工事坚固、武器精良，米英俊组织的两次强攻均没有达到目的。他发挥我军擅长夜战的特点，提出了夜间进攻方案。当晚，在火力的掩护下，米英俊率"敢死队"穿过鹿砦，越过水壕，一步步逼近敌人的工事。米英俊出生于武术世家，从小就练就了一身少林武功。这时，他凭着高超的武艺，扒着砖缝爬到敌人碉堡顶上，迅速扔出两颗手榴弹。敌人的机枪哑了，我军乘机一举攻克伪据点。在战后的庆功大会上，刘贤权司令员赞扬了米英俊英勇机智的表现，并授予"回民连""夜老虎连"的光荣称号。

在军分区一团的指挥下，米英俊率领"回民连"驰骋在鲁西一带，使敌人闻风丧胆。1943年10月，米英俊在长清县五峰山地区反"扫荡"突围时不幸壮烈牺牲，时年二十六岁。

米英俊牺牲后，泰西军分区和地委、专署为其举行了隆重的追悼大会，并将新组建的回民支队命名为"米英俊支队"。米英俊在其短暂的一生中，以对祖国的无限热爱、对党的无限忠诚和对日本侵略者的无比愤恨，为伟大的抗日斗争奉献出了自己的一切。如今，英雄的遗骨被安葬在泰安烈士陵园中，永远受到人们的瞻仰。

6. 英魂长眠泰山下

1937年，三十六岁的远静沧受山东省委委派到泰安夏张镇开展工作。他与崔子明、夏振秋等同志一起，发动群众，组织抗日武装。为此，远静沧不辞劳苦奔波于泰肥山区。

一次，远静沧只身来到肥城边院宋家庄检查工作。听到边院的同志准备打地主夺枪时，远静沧说："同志们，我知道你们为了发展抗日武装做了大量积极的工作。但是，咱们是共产党，不是绿林好汉，不能搞劫富济贫那一套。党中央号召我们要筑成民族统一战线的长城来抵抗侵略者，咱们应该响应号召，团结一切可以团结的力量，让他们真心实意为抗战出力。"有人问道："那不打地主，怎么搞枪？"远静沧微微一笑："你们打了一个地主，其他的地主就可能被吓跑，或者联合起来跟我们作对，其他阶层的人士也会害怕我们。这样一来，我们就孤立无援了，还怎么去组织抗日民族统一战线？我们可以多从基层做工作，首先把学生组织起来，再把学董、绅士们请到学校来，谈抗日，谈我党的政策，激发他们的民族感情。我认为，只要我们把道理讲明白了，一切不愿当亡国奴的中国人都会支持我们！"在他的宣传带领下，泰安二区、九区、十区和肥城等地的同志积极筹备，搞到了枪支，还有人带枪投奔夏张武装起义的行列。

1938年1月1日，张北华、远静沧、崔子明等人在夏张起义，1月中旬，成立了"山东西区人民抗敌自卫团"。自卫团成立后，很快就投入了战斗并接连打了几个漂亮仗，大大振奋了人心。

为了团结一切力量参加抗日，远静沧组织自卫团利用各种当地群众喜闻乐见的形式宣传抗日，利用各种关系向伪军、伪政权头目开展攻心战。当时，国民党泰安十区区长武圣域掌握着区保安队和几个乡数百人的武装力量，在泰安、肥城一带颇有影响。为了争取武圣域支持抗战，远静沧不顾自身安危，多次只身前去武圣域处，向他讲明形势，申明利害，激发他的民族自尊心。经过多次耐心细致的工作，武圣域于1938年3月中旬率全区武装四百余人到肥城接受自卫团的改编，走上了抗日的道路。

1938年4月6日拂晓，泰安城内数百名日军兵分三路直扑肥城。远静沧、崔子明等人闻讯后，立刻带领自卫团兵分两路进行阻击。崔子明率领自卫团第五大队、十大队阻击南北两路进犯日军；远静沧、张北华率领第二、三大队迎击沿公路西犯的日军。敌军武器精良，我方虽然士气高涨，同仇敌忾，但武器装备很差。战斗从上午一直打到下午，始终未能消灭敌人。远静沧推一推身边的供给部主任程重远，告诉他："快想法子给同志们弄点吃的，我们还要继续战斗！"他接过程重远的步枪，向敌人射击。可当他把枪架在墙头瞄准的时候，一颗狙击子弹射中了他的头部。远静沧壮烈牺牲。

战斗结束后，自卫团在夏张镇为远静沧举行了隆重的追悼大会。如今，烈士的遗骨就安放在泰安革命烈士陵园内，英魂长伴青山苍松，受到万千民众的瞻仰。

7. 英雄母亲江衍红

1948 年 5 月的一天，泰安城伪还乡团团部里传出怒吼声："你们能杀死我一个人，但杀不尽千千万万革命的人民！你们这群丧尽天良的土匪，你们的日子长不了了。解放军很快就会打回来，你们绝不会有好下场！"这位承受酷刑、宁死不屈的革命战士就是江衍红，一位被泰安地下工作者亲切称为"大姐"的英雄母亲。

江衍红出生在农村知识分子家庭，抗日战争爆发时，她已经是三个孩子的妈妈了。为了躲避日军的轰炸，江衍红带着全家离开泰安城，住到了乡下父亲的家中。在这里，她接触到了抗日救亡思想，听到洪涛司令员讲解的抗战形势分析和革命的道理，对于抗战的前途、国家的未来有了越来越清晰的认识。

在党组织的感召和带动下，江衍红把自己两个年仅十几岁的儿子送入了抗日武装队伍中，并反复叮嘱他们说："还记得娘给你们讲过的岳飞的故事吗？你们要向他学习，精忠报国。你们一定要听党的话，多打鬼子，替死去的乡亲报仇。不要惦记娘，娘跟你们一起战斗！"随后，江衍红加入了地下交通情报系统，正式参加了抗日救亡工作。从此，她在地下战线与敌人展开了周旋，护送我党干部过境、救护伤员、传递情报、营救被捕的同志、争取伪军反正……江衍红多次成功完成上级交付的任务，深受泰安地下工作者信赖。

1947年，国民党军队重点进攻山东，重新占领了泰安城，鲁中地区的斗争形势瞬间紧张起来。抗战胜利后，江衍红就以公开身份开展革命工作，不少敌人都知道她，处境十分危险。组织上动员江衍红随后方机关等非战斗人员撤往黄河以北的安全地带，她却说："我是土生土长的泰安人，我对这里的情况很熟悉，大家也信任我。现在正是泰安人民最需要我的时候，我怎么能离开呢？请组织相信我能够保护自己。"最终，组织上同意了她的要求，在整个解放战争最艰苦的时期，她始终留在泰安与敌人斗争。

1948年5月13日，江衍红牵着小女儿的手，化装成走亲戚的农村妇女，进城传递一份重要情报。返回途中，在泰安市场被还乡团的头子李森林发现。李森林指挥匪徒抓住了江衍红，所幸小女儿在群众的掩护下逃过追捕，幸免于难。

江衍红被押到还乡团团部后就遭到了毒打，敌人逼问她进城的任务和接头人，李森林杀气腾腾地威胁她："你说出来，可以给你一条活路。不说，你就别想活着回去！"江衍红咬紧牙关，怒视着李森林："有什么招数尽管使出来，你们甭想从我嘴里得到一个字！"敌人闻听，暴跳如雷，竟然残忍地割去了她的双乳。江衍红忍受着巨大的痛苦，仍不肯屈服，敌人恼羞成怒，用刺刀一刀一刀一刀向江衍红的腿部、腹部、胸部刺去……在黎明即将到来的时刻，这位英雄的母亲倒在了敌人的刑场上。

如今，泰安市档案馆特藏室里陈列着一张革命牺牲民兵、民工家属光荣纪念证和一张发白的照片，照片上的江衍红眉目清秀，嘴角含笑，仿佛从来不曾离开过。

（二）抗日风云

1. 红旗插上徂徕山

1936 年，年仅三十岁的黎玉被中共中央北方局派往山东担任省委书记，恢复和重建屡遭敌人严重破坏的中共山东省委。到达济南后，黎玉主持召开了重建中共山东省委的会议。他与赵健民、林浩一起，勇敢地挑起了领导山东革命斗争的重担。

当时，中国的革命形势正在由国内战争向民族解放战争转变，全国掀起了抗日救亡运动的新高潮。重建后的山东省委确定了团结一切抗日爱国分子、坚决执行抗日民族统一战线政策、壮大抗日救国力量的工作方针，同时确立了积极谨慎展开党组织的恢复发展、反对"关门主义"的工作原则。会后，省委派出骨干人员与失去组织关系的党员和在外地隐蔽的党员取得联系，使泰安及其周边党组织得到了较快的恢复和发展。到1937年6月，泰安、莱芜等地区已有党员两百余名。

1937年10月，山东省委机关转移到泰安，黎玉决定在徂徕山发动抗日武装起义。

徂徕山位于泰安东南部，北依泰山，东邻沂蒙山区，西靠津浦铁路，在这里发动武装起义，便于与全省其他地区的抗日武装形成呼应。而且徂徕山周边地区党的工作基础较好，有利于从实战中摸索经验，闯出一条开展游击战争的路子。

1938年1月1日，徂徕山四禅寺门前，参加武装起义的部队聚集在一起，举行了誓师大会。黎玉代表中共山东省委作了讲话，宣布成立八路军山东人民抗日游击队第四支队，由洪涛任支队长，黎玉兼任政委。新成立的四支队成分复杂，有工人、农民、教员、学生，还有旧军人和职员，绝大多数不会打仗。为了提高部队的战斗力，黎玉亲自参与制定了一系列措施加强政治教育，他在各个中队建立了党支部，让党员和有觉悟的知识分子担任政治战士，由此保证了党对这支队伍的领导。在加强政治教育的同时，黎玉、洪涛等人还让当过兵的同志做教员，对部队进行瞄准射击、投弹、站岗、放哨、利用地形进行隐蔽等各项军事训练。很快，四支队的政治素质和军事素质都有了明显提高。

1月26日，四支队在良庄以东的寺岭村伏击了经大汶口开往新泰的日军。2月18日，又在新泰境内的四槐树村附近公路上炸毁了日军的运输车队，炸死炸伤敌军四十余人。四支队经由此战，名声大震，附近山区的青年纷纷报名参军，极大地鼓舞了人民群众抗战必胜的信心。

徂徕山抗日武装起义是山东省委直接领导的武装起义，正式揭开了山东省党组织独立自主领导抗战的序幕。黎玉作为徂徕山起义的主要领导者，为山东抗日根据地的创建做出了重要贡献。1938年12月，中共苏鲁豫皖边区省委改为中共山东分局，黎玉任委员，同时兼任八路军山东纵队政治委员，从此踏上了新的征程。

2. 党的忠诚战士张北华

张北华，原名张训荣，又名张恩堂、张维之，1911年出生于山东省商河县营子镇的一个中农家庭里。国家的内忧外患，人民的困苦生活，五四运动和中国工人运动的兴起与影响，让少年的张北华逐步树立起改变中国落后面貌的志向。在益都（现青州）省立第四师范学校读书期间，张北华阅读了大量的进步书籍，广泛结交爱国青年。1930年12月，年仅十九岁的张北华光荣地加入了中国共产党，从此走上漫长而曲折的革命道路。

张北华的一生是革命的一生、战斗的一生。投身革命的初期，他深入工厂、学校，宣传马克思主义，建立发展党、团组织，开展工人和学生运动。在基层党组织遭到敌人严重破坏的时候，他挺身而出，积极联络没有被捕的共产党员，组成临时省委并担当起临时省委书记的重担。被捕入狱后，他大义凛然，怒斥凶敌，在狱中成立党支部领导难友继续开展斗争。抗日战争时期，他屡建功勋。解放战争中，他领导济南市委为我军解放济南做了大量卓有成效的工作。直到 1975 年去世，这位久经考验的党的忠诚战士一直没有停止过战斗。他的光辉事迹不胜枚举，本文要讲述的，是他英勇杀敌、名扬泰西的故事。

1938 年 1 月 16 日夜，天空乌云密布，大雪纷飞。张北华等人率领山东西区人民抗敌自卫团在夜色的掩护下向肥城急行军。由于雪大天冷，敌人防备松懈，没有设岗哨，自卫团迅速冲进城去，俘虏了城内的伪军和"维持会"，处决了汉奸"维持会"会长范维新，缴获了部分枪支弹药和其他物资。自卫团在城里将没收的"维持会"的财产分给贫苦群众，并向他们进行抗日宣传。这次胜利有力地震慑了汉奸投敌行为，扩大了抗日武装的影响。

夜袭肥城首战告捷后，张北华等人又指挥了夜袭界首的战斗。当时自卫团接到情报，日军在界首（今属长清县）火车站驻有三十余人，在界首村驻有七八人。1 月 28 日夜，张北华、崔子明率领挑选出来的六十余名自卫团队员，急行军赶到界首车站附近。张北华把自卫团的队员分成三个小队分别执行任务，自己则与崔子明等人摸入敌营。这时，敌情已经发生了很大变化，村里住满了鬼子。张北华三人处变不惊，趁敌人酣睡，以大刀和刺刀连杀数名日军，并趁敌人乱作一团的时候果断撤出了村子。界首车站的日军闻讯赶来增援时，又遭到我阻击小队的阻击。这次战斗，自卫团毙伤日军二十余人，打死战马十余匹，缴获步枪三支，轰动了整个泰西地区，打击了日本侵略者的嚣张气焰。自卫团夜袭界首、刀劈日寇的故事，至今流传在泰西地区。

3. 岱路小学抗日小英雄

提起抗日小英雄，很多人会想起大名鼎鼎的海娃、张嘎、王二小，而本文要讲述的则是泰山脚下的一位鲜为人知的抗日小英雄的故事。

故事的主人翁叫郝茂栋。"七七事变"后，日本军队发动了全面侵华战争，并于12月31日侵占泰安，那时郝茂栋才七岁。由于不愿意在日本人办的学校里继续读书，年纪小小的他辍学了。从那之后，郝茂栋就跟着父亲在大观街上的百货铺卖东西，每天都能见到日本士兵端着枪在街上耀武扬威。那时候，只要日本人愿意，随便找个理由就可以把中国人抓起来，叫家人拿粮食、银两或其他东西赎人，不然人就可能回不来了。郝茂栋每天出门都提心吊胆的，母亲也天天叮嘱他千万别惹日本人。但是日本士兵经常上门欺负他们，不给钱就把铺子里的东西拿走，还恶狠狠地威胁人。有一次，日军"扫荡"，把铺子给抢了个精光，父亲气不过上前阻拦，被日本士兵用枪托打伤头部，从此卧病在床，不久含恨离世。从此，郝茂栋幼小的心灵里种下了对日军深深的仇恨，暗下决心有朝一日一定要报仇雪恨。家里失去了顶梁柱，他和母亲艰难度日，常常吃了上顿没下顿。

郝茂栋十三岁时，被日本兵拉了壮丁，去挖壕沟、修水库

（今龙潭水库）。日本人见他年纪小，干不了多少活，就叫他跑跑腿，给他们买吃的喝的用的东西。工地上年长的工友偷偷给他出主意："买来的酒，掺点水，不然日本人喝多了会打我们中国劳工的。"于是他每次打酒都要往酒里掺点水，有时到处找不到水，干脆就和小伙伴在酒里撒泡尿，没想到日本人还是喝得不亦乐乎。

1945年初，有一次郝茂栋往酒里撒尿时，不巧被一个日本兵发现。日本兵踢翻了酒桶，将他打得口鼻流血，还饿了他一天并把他关了禁闭。到了夜里，在工友的帮助下，他成功逃脱，偷偷跑回了家。他受够了日本人的气，和母亲说要去当八路，给父亲报仇。母亲给他换上干净衣服，当天就送他去当兵。他才十五岁，八路军首长让他当了一名通信兵。由于以前曾经给日本兵当过差，他便按首长指示，成功混入泰安城日伪军中，探得了一些重要情报。4月的一天，他听到日本人喝酒时说，准备后天"扫荡"八路军所在的村庄。他赶紧连夜跑了三十多里地赶到部队驻地，向首长报告了情况。因为情报送达及时，部队和当地群众得以安全转移，避免了遭受重大损失。郝茂栋当时光顾着赶路，连鞋跑丢了都不知道，为此部队还特地奖励了他一双千层底的布鞋。

因为多次立功，部队首长授予郝茂栋"抗日小英雄"称号。

4. 鲁宝琪泰山擒日寇

泰山脚下的泰安革命烈士陵园里安眠着鲁中军区敌工部负

责人鲁宝琪烈士。他富有传奇色彩的英雄事迹，至今仍在泰山南北广为流传，尤其是他在泰山顶上活捉日寇的故事更是家喻户晓。

1943年夏末秋初时节，鲁中军区第一军分区司令员廖容标率领干部战士到泰山北麓的泰历县检查工作。为观察地形、了解敌情，鲁宝琪和泰历县大队政委张正德建议廖司令到山顶逛逛，廖容标同意了。当晚，他们二十余人从泰山后核桃园出发，第二天拂晓登上了山顶。他们先看了日出，又游览了碧霞祠和舍身崖。鲁宝琪边走边向大家介绍泰山的名胜古迹。中午时分，他们在天街吃饭时，发现山下有敌情。廖容标用望远镜一看，只见十几名日伪军簇拥着两顶轿子，慢慢向山顶走来。他们立即商定在南天门设伏，歼灭这股敌人。

当敌人爬到南天门时，我军猛然出击，打了敌人一个措手不及，当场击毙一人，击伤两人，俘虏两人。剩下的敌人连滚带爬地逃下山去。两个俘虏，一个是伪军中队长，另一名是个日本人，叫间本，是伪山东电报局局长。对于这个意外收获，大家喜出望外，而善做敌军工作的鲁宝琪认为这是瓦解、争取敌人的好机会。他征得廖司令同意，把间本押下山，在泰历县委敌工部其他同志的配合下，耐心细致地做间本的思想教育工作。

在争取间本的日子里，鲁宝琪与泰安城的日军进行了机智灵活的斗争。原来，间本是泰安城日军为了炫耀他们强化治安的成绩，特意邀请来的客人。为了向上司交差，日军必须救出间本来。他们费尽心思，几番追踪"清剿"不成，只好利用各种关系与我军联络，主动示好。伪泰安道尹通过层层关系，把一封联络信送到鲁宝琪的手上。信中大意是，间本是文职人员，是来泰山考察的，请不要把他当俘虏对待，千万要保证他的安全，他们愿意用枪支弹药和医药等我军紧缺的物资来交换间本。鲁宝琪看后，当即亲自写信予以答复。他说，中国人民绝不允许日本侵略者在大好河山上耀武扬威！当然，八路军一贯执行优待俘虏的政策，绝对保证间本的安全。在信的末尾，鲁宝琪义正词严地写道："我们八路军虽然作战艰苦，但如果我们需要武器，可以在战场上从你们手中缴获。因此，我们对你们的所谓交换条件嗤之以鼻！"

为了瓦解日军，鲁宝琪请示上级释放了间本。间本回济南后，为我军做了一些有益的事情，但终因被我军俘虏过，失去了侵华日军大本营的信任，后被调往其他战区。捉放间本的过程，鲁宝琪处理得有礼有节，既取得了教育、争取俘虏的效果，又不失民族尊严和八路军立场，显示出高超的政治水平。

参考文献

[1] 中国民间文艺研究会山东分会、山东泰安地区文化局、山东泰安县文化局编：《泰山传说故事》，中国民间文艺出版社 1981 年版。

[2] 陶阳、徐纪民、吴绵编：《泰山民间故事大观》，文化艺术出版社 1984 年版。

[3] 山东省出版总社泰安分社编：《泰山传说》，山东人民出版社 1985 年版。

[4] 宝君、秋水、山东友谊书社编：《泰山民间故事》，山东人民出版社 1986 年版。

[5] 崔秀国、吉爱琴著：《泰岱史迹》，山东友谊出版社 1987 年版。

[6] 刘秀池主编：《泰山大全》，山东友谊出版社 1995 年版。

[7] 袁爱国著：《泰山名人文化》，山东友谊出版社 1999 年版。

[8] 周郢著：《泰山编年通史》，山东人民出版社

2021年版。

[9] 山曼主编：《泰山风俗》，济南出版社2001年版。

[10] 胡志鹏主编：《泰山大观》，齐鲁书社2006年版。

[11] 田承军著:《泰安纪事》，山东画报出版社2009年版。

[12] 袁久亮主编：《名家话泰山》，齐鲁书社2009年版。

[13] 张用衡著：《泰山石刻全解》，山东友谊出版社2015年版。

[14] 贾志秋主编：《泰山文化社会科学普及读物丛书》，山东人民出版社2018年版。

[15] 泰山风景名胜区管理委员会编著：《泰山故事》，山东人民出版社2020年版。

[16] 泰安市纪委宣传部编，郭笃凌等主编：《泰安历代良吏传》，中国文史出版社2021年版。

[17] 马辉主编：《泰安英烈故事》，山东人民出版社2021年版。

后 记

　　《丛书》的编纂，是在山东省委宣传部直接领导下完成的。省委常委、宣传部部长白玉刚同志统筹策划部署，并担任编委会主任，多次主持召开编委会会议，提出明确目标要求和指导意见。省委宣传部分管日常工作的副部长、省文明办主任、省新闻办主任袭艳春同志对本书的立项出版、风格设计等方面提出了许多宝贵意见。在魏长民、毕司东、程守田、张同海、冷兴邦等同志的大力指导支持下，以教育部人文社科重点研究基地山东师范大学齐鲁文化研究院为学术挂靠单位，组建了《丛书》编纂学术委员会，具体负责编纂工作。山东师范大学特聘资深教授王志民任主任，山东大学儒学高等研究院教授杨朝明、中共山东省委党史研究院原一级巡视员韩延明、鲁东大学原副校长刘焕阳任副主任，全省相关高校、科研单位的 15 名学者为委员。

　　编纂过程中，《丛书》被列为山东省社科规划 3 个重大委托项目和 16 个一般项目。杨朝明为传统文化重大项目组首席专家，韩延明为红色文化重大项目组首席专家，刘焕阳为河海文化重大项目组首席专家。编委会经反复研讨，制定了《编撰体例》《编撰指导意见》；在省委宣传部支持下，采取主任统一领导与首席专家具体负责相结合的方式，认真落实各卷主编为质量第一责任人、首席专家和学术委员为主要质量把关人的运作机制；多次召开线上与线下、全体与分组相结合的研讨会，对提纲设计、样稿研讨、通稿审稿等关键环节，深入研讨、反复审议，编委会与全体编纂人员团结合作、齐心协力，付出了艰辛劳动。山东文艺出版社提前介入，对编纂工作和撰稿体例等提出了许多宝贵意见。在此，我们谨向为《丛书》编纂付出心血的各位领导、专家、作者和所有相关同志们表示诚挚感谢！

本册编纂，得到首席专家杨朝明教授和学术委员周郢教授、宋立林教授、刘德增教授、刘续兵教授、耿振东教授的悉心指导，并得到中共泰安市委宣传部、中共泰安市委党史研究院、泰安市文化和旅游局的大力支持帮助。主编张琰教授全面负责本册的编纂工作。具体撰稿人员（按收录篇章多少排序）如下：张莹、谢方军、韩兆君、耿赟、亓文豪。在此，一并致以谢忱。

由于水平和条件所限，不妥之处在所难免，欢迎有关专家和广大读者批评指正。

编者

2023 年 8 月